U0895552

白鲸

雅努斯的面孔

主编 / 王东东

中国出版集团　东方出版中心

图书在版编目（CIP）数据

雅努斯的面孔 / 王东东主编. 一上海：东方出版中心, 2022.5
ISBN 978-7-5473-1997-0

Ⅰ. ①雅… Ⅱ. ①王… Ⅲ. ①诗歌研究－世界 Ⅳ. ①I106.2

中国版本图书馆CIP数据核字（2022）第067774号

雅努斯的面孔

主　　编　王东东
责任编辑　张馨予　时方圆
封面设计　钟　颖

出版发行　东方出版中心有限公司
地　　址　上海市仙霞路345号
邮政编码　200336
电　　话　021-62417400
印 刷 者　山东韵杰文化科技有限公司

开　　本　890mm×1240mm　1/32
印　　张　11
字　　数　160千字
版　　次　2022年5月第1版
印　　次　2022年5月第1次印刷
定　　价　58.00元

编 委 会

目　录

诗　歌

小　说

批　评

专辑：诗人与时代

越　界

附录：诗人简介

诗歌
Poetry

张 杰

中秋

中秋

月儿淡然在世界的黑暗里。
月的圆箍，罩住望月的人。

对大地的罪责，月儿也没什么意见。
明月的精神，如同散漫的时钟——

围绕一个黑轴，听着夜鸟与狼嚎——
没有人能预言分解后的世界。

空中已流行裸露的掠夺，
月儿罕有更多的行为，只是骑云洗盏。

光明，有光明的多重变故。
月儿轻轻燃烧黑暗的巨型信徒。

漂荡的黑暗，试图把月儿浇铸为黑暗。
怪诞的云，向地面踏来毛茸茸的蟹脚。

月，沉没在铁壁星球最边缘。
金黄的地狱中，土地静如死海。

月儿也会登上我们内心的天梯，
指着众人应有的天堂。

不要以为月光不是自由的波涛，
月，也在运行自由意志的坟蒿。

不要以为月不是暴阳的威吓，
月，始终背着为我们受难的火鏊。

车过安徽

安徽白云翻炒着天上沙漠，
安徽麦田和河南一样死寂。
烈日下，安徽麦田如空墓，
座座土坟，黄铜麦秆上摇动。

白杨林仍站在清朝，竖起淮河荫凉。
金色塑料的麦子，似在等变法的奇迹。
运土卡车，载满安徽石头的迷茫，
漂移的安徽池塘，焦浮出夏的褐萍。

旧墙上，标语整容着安徽的模样。
村屋土路，闯入安徽麦海的大荒。
安徽旧民居像河南的娘娘庙，
琉璃瓦，闪烁清朝官帽的宝红。

运泥车，犁开安徽的泥路沟，
怪树高望着，像绿衣怪物在围观。

乡路泛出安徽幽缈的惨光，
乡土多沉闷，田野的内涵多沉闷。

西淝河状如河南汝河，绿水如铝箔。
安徽的村屋，蘑菇一样享受梅雨的煎煮。
而河南偏村老屋坐着蓬头村姑，贫病老妇
空城的乡村，钉入盲人的沉沦。

河南乡土，铺出南下凄惶的长路；
安徽乡村，长成留守的沉思物。
我们静静穿过安徽的夏午城堡，
碎云，写下夏日的灰冷之逸。

大幅纵式的图景，晃动郁热的神殿。
两地麦神，匍匐在天空巨大太和殿下。
太阳威武而强硬，透明先祖还活着，
发光圣印盖住大地，是沉默也是死去。

黑夜的君王

一颗海棠果星星，钉住夜空。
水库的悬崖土坡，移动，一个巨型
履行黑暗的大坑，带你坠入黑暗，
你本是黑暗一部分，流动意识的细丝

月亮像昏暗灯泡，登着云梯，
蛙鸣，虫声，间歇泉般提炼着
黑色大湖，一块轻微反光的金属
上面悬浮几颗星，像黑穴的微尘

逍遥照耀在太空最深处，
那是星星喜爱的滔天大海，
如同你在星际远航，脱离指定轨道
进入自由征途，劳顿着切换在不同星系。

这时，灯火在水库对岸，填着黑暗。
你把枯枝投入水库，枯枝的黑色大枪，

枪口指着更深黑暗，而蛙鸣煮着这黑塘，
月儿在黑水上悬浮，又飞成一个萤火虫。

银河像做梦的列车飘来，又像战前的
决战队形，站在你和水库头顶。
你在它们中间，却并不存在，
寥廓的巨夜迷宫，睡眠的水鸟化为树叶。

这发光深渊，这永恒折磨的威胁，含着
一个个鱼群，月儿，在液晶乱石下动荡，
那野蛮的荒原光泽，有危险发笑的悬崖
服从着大湖，雕刻你为水妖，坠落其中。

这无人的沼泽，芦苇，苦味的万物之母，
在博野的暗夜，在柏辽兹的幻想曲里
漫游大湖的烟花，像生命的烟头，
忽明忽暗出一个隐蔽之所，渴望放任。

一声秦腔般的嚎叫，卷尾在荒原，
那礼花似柔弱引擎，奔驰在无边黑地。
波浪的黑啄木鸟，敲击着夜的统治屏幕，
那铁灯的光明怪龙，自由升入长夜太空。

谒苏轼墓

宋朝气味的空气，在清晨悄然佩剑。
赤壁怀古的策士飞出深径，立在檐上。

郏县空中，有一口祠殿的深井，
一只巨眼种下冬风的呼哨，
也是凹下去的一面大鼓。

天空被树枝、灰沙和铁屑擦亮。
苏轼在一条透明光带上走着。
松林蒙着一层细沙，被尘土管理。

松针说出了星星的语言，普遍的坦诚
胜利的贬谪，火箭言辞的电力和漂泊。

墓林培育出松风守墓的面孔，
古柏文章交错，老成望柱。
石马、石人让土冢隆起满园幽幕。

黑鹊跳上松林的高冠，
松枝的跷跷板荡漾。
唱反调的影子已长入元朝的侧柏。

光线的锯齿在吟哦游仙精神。
石供桌已开裂，
石瓶已听到广庆寺[1]的苏醒和飘起。

黑鹊叫着，震荡松林，
墓里笔墨探出来，在石虎上游荡。
小峨眉山[2]已坠入夜的小县。

我睡在郏县的寒潮棋局里，
棉被的白梦里，落进一位诗神，
他瞳孔里滑过一颗彗星，像酒神
洒落了一滴眼泪似的酒精。

---

① 广庆寺，是苏轼逝后被僧人超度的寺院，位于河南郏县三苏坟。
② 小峨眉山，三苏墓位于郏县西北 23 公里的小峨眉山下，是宋代苏洵、苏轼、苏辙三父子的葬地。

山南途中

山南途中，桃林抱着四喜鸟，
小路，抱着我，轻轻登陆天空。

油菜田盛装莅临，社会名流一样
拥着熠熠闪光的桃林。

一只隐形手，拧亮小草的花灯，
野餐的小鸟“唰唰唰”，尚不知畏惧。

被围挡的羊，这春的访客，寂寞，
天真，悠然接近五点的晚阳，
小蜂嗯哼着小蜂，把我当作岛屿。

天空魔样的古墓，隐秘升起，
我手握桃花，一团物质的火球
用死，换来墓室的光明。

桃花尽头，走出牧羊人和羊，
走入空中，半神半人的某个剧场。

扑簌仙气的土道，颤动
蘸红铠甲飘落的桃林。

绿绒蒿草生僻在荒道上，
叶蔓的汁液，流淌雀鸟的乐园。

桃林蜂鸣，空气清凉——鞭打
嗡嗡土尘，野外苦味又甜蜜，
混浊液体里，翻滚着魔力的大厦。

曾纪虎

另一个但丁

悼亡

人皆有声
尔独无响

二十五年前，我在十五栋读《陆机集》
其中的悲观如今才可充满
我不希望会更完美地展现。彼时

我走在湖边树下，水杉林
有仲夏之光；而我有阴郁的年轻脸面
我读到什么？众生如刍狗——

热烈者，推动车轮把樱桃终了
我记起死者舞步蹒跚，舞池中
小人儿扯住他的伴侣一同转圈

静止

他看到岸静止下来的样子如同死去
狭窄的一道光在水中，也不想动啊
顺从的人？要不要再想想一些事情

早上一位妇人出去收获了一件秋天
她也有滤镜。可敬的抖音——村中
某个在外务工的人昨晚又喝酒吹牛

万物都在死去，无需等到某个时辰
你们都在死你有 37℃消息，亮晶晶
是什么样子的呢？网络上下了黄叶

他一下子就把暴力取来
通过看，割了水的头颅

雨后

患癫痫病的小孩不会对他人造成威胁
他们突然倒地，吃举手可得的各种东西
你只是看，你还要担心他们吗？

雨后的园圃开着花，小水珠们
流溢；一波波的水往低处下去
年轻的实习生们站在旁边惊讶

从哪里冒出来的一个小男孩呀
学校的对面，一条乡间路，几棵桂树
几户人家构成一条小街——

一家简陋的小餐馆
他家的妇人常常愁眉苦脸

哀悼

雏鸟还在长成，世界已经变了
你让这坚硬的春雨如何撒在地上
我只是不想知道
如何与身边人交谈，死寂的断裂
能对谁说出。牠臃肿的四肢霸占——
我们必须开出邪恶。每每会想到
还有那么多未成年人——
他们可爱的种子状态，也借星星的位置
来确定无所不在的哀悼

人的眼睛

我以为，人的眼睛是长在手掌上的
它们触摸到的现实要比看到的更多
恋人们沉默地看，用他们的手

世界的真实当然不是给定存在，而是它
提供了探寻真实性探寻善意的交流框架
当人们睡着，快要过了整个春天的时候

当人们死去，像鸟一样太轻
我宁愿你是失去眼睛的盲人
人的视觉转移到手上、背上、脚上

转移到头发上、嘴唇上——
转移到树的身上、建筑上、水中；转移到
春天的灵柩及白色的梦床上

幼兽们

白金似的房子，矮的，趴在那里
那时节我们在村前的堤岸上巡游
只在那时，奇怪的美攫取了少年人的视觉

散漫的黄牛们在堤岸的弧线内吃草；河流
恩江河流动如平缓的舌头
趴在那里的小小屋舍，在傍晚的光中——

夜晚我们曾栖息其中
被父辈的呼吸声淹没

我们是没有灵魂的一群幼兽
瘦女人做着重复的事情；母亲们啊
农活繁多、饥馑跟随了什么？

强壮而沉默的牲畜该是多么地幸灾乐祸呀，它们
在夜里悄悄地交谈而耳语起来。你曾听到

未必如此

那闪烁不定的阴气在微雨中散步
端午前后天气浮动光泽；再往后
很难看到蓊郁的东西了。瘦妇人

自田间回来，手里抓住什么
眼眶下方如安排了两枚黑洞
柚子花，满树的白香味向外铺开

泥垣还是那么低矮
窗户口还是那么小，幼小者——
还是那么张开双腿屋前屋后乱跑

虚无是多么地单调啊。我的友人
我邀请你来喝这杯水
在将要来的扁圆形小青果下

河滩

那是一种很奇怪的静谧的软
夜晚，走在河滩的沙地上，间或躺下
甚至想不到，自己——
是被怎么一种东西带至此地
脚掌下有无瑕的推动力，可以感觉到
凸起的沙窝顶着脚弓
河中的水凝聚成块了吧？它们不流动
要等着夏夜的萤虫点了灯在上空航行

小码头上

水下的东西需要完成转化
嬉戏者不安的样貌令人可怜
我愿他是轻松的，不被贫乏包围

杨柳的树枝钻入水塘
它们发生变化，变成游鱼、田螺外壳
变成滑腻的恶心器物

废弃的水磨坊是爷爷置下的产业
随着他年轻的病逝，磨坊败坏了
有一年，叔爷爷将水车卖给他人——

我在空空的水槽区来回跑
还不知道时间变化的寓意

简陋的小码头上，我把双脚
伸进水中，来回滑动不证自明的厌倦
云上的天空如同玩物

银杏树

被白粉的树下躺着许多个小黄人
它们也会回味单调的万千之“我”
体内的引擎已被扯去——
以享有这最后的橙黄
时间之手修改了睡眠
顺便也修改你的爱欲

压缩面包

美少女织造波德莱尔的拱形走廊
在大道上展出了颤抖的世纪之爱
岁末之鸦在回家途中，不可背逆

（街垒在人众的喉管里）

皮肤穿过，凋敝人行道
水晶折射寒冷，重新确立人的欲求
“她们是干净的，如久违的彩虹童话。”

（如可以食用的压缩面包——）

有严酷的未来蠕动于地表
寂静之光，眼球中的斑点
为此，人将被迫失去光阴

另一个但丁

做不同梦的人在此地同时唱歌
少女的面庞自喷泉涌出
不要担心，梦魔已将她折磨到美艳不可方物
不要担心你的爱，要担心的是你的欲念——
它们是否遗忘金属光刺
那另一个，俗世的但丁
他应学会更有意思的沉迷

一个傍晚

单调的东西在初月下散掉温度
慢慢地，慢慢地，风凉了
走兽的腹部贴到地上，它不再看

某个孤单的亡人开始往家的方向走回
沟渠里丛生水草，一条细流轻轻发声
晚归的农夫碰到旧人——

那患癌的弃世者，向他索要火柴盒
他见他背向自己，背向风
双肩抖索尽量把香烟点亮

灰布似的，陌生的节日

年轻的快乐水域，我在上面奔跑
鱼的嘴唇滴血；扭结的手，扭结的乐音
放排人光着膀子站好，跳进水里

世界的骨头从肉中脱落
我在想着你了;你好,灰布似的节日
客人们有寂寞面容,沾了泥浆

我们从纠结的花树上跃下
找金银花的高度;也在桔树的硬枝间
找形貌最好的甲壳飞虫

空白是敌手
在村子内部,她的肋骨升起巨大的冷
我抱稳了陌生的节日,如我惯常所为

斜坡

头脑中藏地板砖、悬崖
藏湖岸边的干玫瑰
红光捕捉人的倒影

篝火旁，兴致已过的人类垂下头颈
一些书籍、一堆水；在消失的途中

这样的时间仿佛来自漫长年代
其中的快意、放纵、自带的善——
不会再来了。庸人的敌意斜坡？

我们知道是谁在堆砌它
也知道究竟发生了什么

夜间

夜里的一粒火在田间爬行，捉捕黄鳝的人
一路都不出声。镜子们躲过了芦苇
哪些人睡了？哪些人彻夜玩着纸牌？

青蛙对着你的光抬头不动
渠道旁的水草已不是白天的模样
脾气很丑的父亲睡沉了吧

夜，多么死寂啊
虫蚁爬进松脂，你的舌头在黑暗的蓓蕾中
女孩儿们打鼾，她们的手

随意地摆放在腹股沟边
西瓜地旁，一个临时晒垫棚，你已迷了方向
进去驻足调神——

草垫上一个死去的人，旁边
一具待漆的松木棺
死者脚下，长明灯快要熄灭

亦来

《俄狄浦斯王》的开场

梦里的动物

我在梦里见到了那些动物：
蜷缩在笼子里，如单字被挤变了形
拼不出峻拔的复句。我走近它们，
去辨认鳞甲上的伤痕、羽翎间的血印，
它们齐刷刷地转向我，像擦皮划亮
惊觉的火柴。磷烟将我推到梦的
外面——唯有夜雨，扑灭野性的躁动。
城市冷光淋沥，不动的人造星星。

人类被隔离在方舟的茧舱里，
依血缘分类，看钟表进食。
历史对我们说，海水终将退去，
到达新世界，只需要漩涡中弹出
拐点的琉璃珠——右舷的望远镜里
颠簸着一抹绿。人群涌上甲板
朝未来挥手，却找不到双翅健全的
鸽子，去带回梦穴之外的真相。

在橘园

还需要一点耐心：果实，将从
枝头坠落。等它们有骨有肉，
拳头攥紧，就会扑扑跃下！
瞧这砸在地上的狠劲——
降落伞里，一定藏着有生命的野兽：
敦实的驴，蹦跳的鹿……田沟里
滚动的，是求生的角马和瞪羚
在迁徙：追着风跑，追着晚霞的血衣跑！

那么，再多些耐心，等火红的大象
从西山的褶缝抽走尾巴，等一枚新橘
蹿上天空。它的汁液，如
夜莺的歌喉：蜜的丝线垂向倒悬的海。
厌倦了尘土的黄鸟们，快快
飞回枝头吧！将翅膀缩入
小小的子宫，如橘瓣那样彼此拥抱，
然后将脐带连到同一棵树上。

《俄狄浦斯王》的开场

愁容满面的乞援人，匍匐在
祭坛脚下，捧着缠羊毛的橄榄枝。
瘟疫在讨债，沿途收缴利息，
滴血的舌头舔过市场，朝城邦中心扑来。
更多的民众抱着石柱哭。他们的国王，
正从王后的寝宫急急赶来——
他的双眼，曾迎着女妖的利爪看到
悬崖边的曙光，并通过解谜说出了真理。

他暗中祈求，那派往神庙的使者快些回来，
他要展现过人智慧，将苦难的真凶
用逻辑的绳索绑住，从另一个谜面里
牵出贼头贼脑的蝠王——
而他从未意识到，多年前当他脱口给出
人的答案，那头狮子纵身一跃，
并没有坠下深渊，而是化作轻烟
钻进他的身子，将鬃毛贴在他的虹膜上。

《尤利西斯》，第十三章

落日的兰花指，将他引向一个少女：
在银滩上出神，她胸腔里的温柔，
将玫瑰色圆丘投向细沙的画板；
当她对着大海里的浮木撩起衬裙下摆，
晚钟正穿过黄昏飞来，缠住她手上的
十根弦，在怀里织出紫藤的宫殿——
从这里迎向他，完美无瑕呵，
如泉眼一般的白鹭天使瑙西卡。

他会佯装成刚从巨鲸的木马中
跳出的吼啸，而不是在背后的城市
漂泊了一天后被排放的呻吟。
而此刻，她却跛足走向另一种命运，
羞涩让她转身；正如卑怯让他远远跟着
那深浅不一的两行脚印，低首朝肠道
踉跄而去，如蚯蚓钻回黑暗——
去遒劲的根系间扒拉箭镞与热血。

无枝可依

从下午到黄昏，这只鸟在楼顶盘旋。
它没有停歇，它似乎不愿停歇——
天空的球面镜上小小的一粒悬尘。
早些时候我曾见它落在草丛，边啄食
边往前走：一瘸一拐，当左脚
踏出，整个身体就像倾斜的高脚杯，险些
溅出红汁。很快它抖动翅膀，取得平衡，
后来干脆以飞行的完美勾除了缺陷。

弧线，几次从我眼前的樟树划过，
如一艘游轮，被码头退还给无常的大海。
它在树梢搅起一阵阵悸动，终于
朝晚景中的鸟群振翅追去，临街的梧桐
沿湖的弱柳都没能诱它驻足——
或许，它也不忍心站在城里的枝头
垂瞰孤单的孩子在树影下恸哭，还有
冬夜寒风中苦等病床的重症老人。

至暗时刻

每天有人不明不白地死去或将要死去
每天都有灯火离线，注销账号，
夜空的界面留下一串密码似的黑洞。
这个冬天，突然有惊雷轰出破晓
接着一整天倾倒漫天卷地的雪：
太多的彻骨之寒，太多的无力回天——
沙子漏完了，计数器蹦了一下；
天平的一端轻了，托盘却沉了下去……

去年夏天的回忆升起。一棵大橡树
挡住星辉，孩子们赤脚追扑流萤：
悄悄接近目标，在射程内拦截红眼航班。
这飞来横祸，将一些机翼斫掉，
会发光的机身，被转移到玻璃机场——
小虫腹部翕动，就像着急的哑巴
有话要说。而尾光停止闪烁的一刹那
同样是一个瓶子的至暗时刻呵。

凌晨四点的失眠者

梦里的合唱团将他推出来，黑夜
为他的辗转腾出一个空位。
乌纱，盖住琴键上的双色梯田，
一双手在暗室里摸索音栓的种子。
他能听见自己的呼吸：一个人的孤独，
是刺穿寂静的针。他想着如果
千万人的呼吸拧在一起，会不会绾成风，
如蝴蝶的翅膀扇出山呼海啸……

他侧侧身子，从最细微的动静中
用时间的精确隔开动和静——
窗边的高树是窣静的，而月影在移动；
几里外的长堤是肃静的，而江水在流动；
茧是哑静的，而扑火的飞蛾动人心弦……
他好似在万物之中听到世界的心跳，
三月的黎明，将在这激动中
到来，哪怕比往年晚了一天。

琵琶记

不用问镜子，她知道闭门索居
足以将孔雀急成鸸鹋。
一个月来，外面的消息像啄木鸟医生
携银针到访，让人直想把耳洞
埋进沙堆。一把柳叶刀留在身体里，
仿佛在受潮的乌檀木上掏搧
她咬紧牙关提起颈椎，镂空的瓢
从恍惚里浮起，抖落满地刨花。

有时候她觉得，身边的故事是从
书里爬出的蠹虫：别离，恐惧，幽愁暗恨。
而那柄游刃，还继续贴在肩胛
和锁骨上：将她的身形削成半个枇杷，
接着凿出弦槽和覆手上的小孔……
于是她举步踱向露台，仿佛要去
向阳光讨四根弦，这样就能低眉信手
拨弹出铮钬的人世悲怆。

惊蛰之后

梅花错过了，迎春花也错过了，
还有早樱、玉兰、油菜花、桃红李白……
怎能想象这三月盛大的原野：
万物复苏，空无一人？
蜜蜂即将复工，它们搬出空空的糖罐
在蜂巢前的跳台摩拳擦掌。
但今春的蜜或许有点苦，正如
这一年清明前后的雨水注定是咸的。

我们都是从悲伤里慢慢往外爬的蚁人——
在大寒后突然裂开的地坑里，
学会贮粮，学会冬眠，以及如何
在黑暗的溶洞中收集石笋和爱。
我们都在挪向一个出口，在电影散场时
从银幕里面钻出来，然后就安静地
坐在火山口边缘，等落日轰鸣，
将壮烈的玫瑰推送到我们的触角。

楼河

路边写生者

路过学校听到的音乐声

晚上九点半，灯火通明的教学楼
传来了音乐声。

那是一种片段性的声音，停了一会儿又起，
混乱的和声仿佛脚步走到了楼梯间。

可能是部戏剧，舞蹈无声地透露出
形式化的信息，关于离别，关于死亡的强烈感情。

但二十岁的学生还无法理解深沉，
中年女老师在教导，在训斥，在绝望。

让人几乎可以想象她深色外衣里的瘦削肩膀，
她的焦虑症足以在她的

锁骨上放颗鸡蛋，但她严肃得
时刻都像在走钢丝。现在她卡在钢琴的节拍里。

“再来一次。”她恼怒又叹息，声音穿透玻璃
滚落到楼下。钢琴重新响起，颤抖着

仿佛在回忆悲剧，或者仅仅是
某个艰难时刻，需要张力和热情，甚至

妩媚也像是在祈求。一个零余者
暗示了整个社会的边缘心态，但它

复杂得超越了他们的认知。钢琴声
强势地响了两下，然后越来越弱，终于

消失为最后的解散。但听得出来，
她的学生并没有离开，他们

停止在一种寂静里。也许在她
低头的颓丧中，他们忽然感受到了对她的同情。

路边写生者

他画画像在钓鱼，戴着钓鱼帽
坐在冬天的阴郁中，安静得像个雕塑。
也许这是个行为艺术，他的左手边，
大马路上腾起烟尘，而右手边
是堵高大的围墙，像个监狱
把他围拢在公交站一侧的角落里，
而他却对着张照片画了片树林。

这可能是个隐喻，从某个
未知的角度观看，
他也置身在另一片树林中，而在那里，
他是只干着家务的鸟。

这个地方聚集了他的同伴，五天前，
它是个理发摊，嗡嗡响的推子
剃着和他一样老的
仿佛没有思想了的脑袋。十天前的晚上

是个和他一样老的女人
在这里烧纸，灰烬搅拌着灰发
像一种神秘的药，治疗着
更加神秘的精神。

是的，这个小天地
确实有片天曾经降落过，一里远的狗吠，
某个夜晚的流星，横穿马路的行人
被概率论的车祸逮住了。甚至，
还有凌晨蹲在路边的中年女人，
无法从悲哀中站起身。

他在画他们，
把他们画成了树，然后像个工匠，
再将这片树林
安装进一个命运的生态系统里。所以，
这个行为艺术在遥远的距离里
是个装置艺术，使这个空间
变成一只气球，浮出海面飘荡。

他画画像在钓鱼，不知鱼之乐，
鱼不知他之乐。但他们互相看着，当他
画画，画也在画他。因而，
那遥远的距离里的相似性，实际上
是种相对性，就像车在疾行中，
透过车窗的一瞥。

石头上的天鹅

那天的阳光特别好，
初春的微风里有树芽的甜香，
……让人昏睡的
……适合做梦的季节。
它在石头上梳理羽毛，缓慢的
做梦似的动作，弯曲的长颈
伸入翅膀中，仿佛
在闻自己的气味，
在温暖的气味中准备睡觉。
灰色的石头，
白色的轻盈，
在绿色的池塘中间，
忽然抖动闪耀的羽毛，
瞬间又变得安静无比。
三只鹈鹕排着队
环绕池塘游泳，
五只麻鸭躲进灌木的阴影中。

正午时分，强烈的阳光
发出电流震动的寂静，
在头顶旋转。
一种猛烈的反差
让它变成照片上的一块黑斑，
无法看见
但引人细究。

逼迫

她对他说起她，
用一种她无法理解的口吻
赞美。然后再说起他，
以一阵颇为伤感的沉默
叹息。
当！当！当！
他们家仍然在走的老座钟
敲响了整点报时的声音，
让他起身打开家里的灯准备做饭。
黄昏了，家里冷得要命，
晚上是一次十口人的聚餐，
他微笑着
思考着怎样解脱。

低飞

下雨了，
天气迅速变冷，
腰间的脂肪堆积
垂挂在皮带上，
让人不想出门但心里
依然充满了怀念。
盘旋、徘徊，
可能撑了一把伞，
可能只是细雨湿润了头发。
乌云沉重，降落，
穿梭在摩天楼的玻璃墙；
降落，分散，
村庄也在云雾里
吸饱了水分。
一棵樟树变绿，
油绿、墨绿、变暗，傍晚来临，
塑料雨棚哗啦一声

落下一阵积水。
打开灯,等着回家的人,
照亮室内
黑色水泥地上的
晶亮水渍。

张伟栋

第一个人

蜻蜓

蜻蜓有着我永远做不到的轻盈与密闭
它们是雨后柳树摇动金色水面波动的一部分
曾在我心上划下永恒的涟漪并以无声的颂歌捍卫着。

当我隔着落空的记忆回望
任其随意穿越年龄里的惊恐与寂静
朝向田野的纵深。

因这一切的事

因这一切的事
你应显示如火的离合
以重生之热望
其门扇、横梁、锁、城墙
分别由坚韧之心所造
其次是微弱的救赎之星
荆棘簇生刺人血痕

热带的疲倦

疲倦。愤怒。内与外
皆咬合着明亮的雪。

身体显现为一株曝晒的植物
肺部纹理冒着浓烟

窗下的孩子们反复走进时间的阴影
高温天空蒸腾着他们湿漉漉的脸颊。

苦楝树冠上喂养着刺目的白色
三角梅秘密转动积压的焰火

下一年会是怎样的赤裸?
会在怎样的跌落中让步于虚妄的升腾?

我听到海的无声爆裂,跻身于
世纪初的雷动。

我迎面走向骤然升降的中年之声
手中的睡眠如同火中玫瑰

淤积、挖掘、隐秘跌停
文字中的血反复渴求清凉的光

世界如蜿蜒的隧道?
用肉身的桥梁架设夏季的峰谷?

这疲倦中的黑夜,
呼吸停顿

意念中的一道虹
被压榨到只剩下冲刷的海浪

在发烫的水中与最小的火焰汇合
想象一条银白的河源于心的收缩

记忆中出现数个废墟,
显示着梦境充满赞美的许诺。

我关闭了灯,头垂在微凉的冰枕上
肉身轰响,灵魂繁殖着自己的宁静

午夜的热浪中仍有万千的燃烧点

事物在明灭之际托付于即将来临的暴雨

我睡前的鹦鹉将头婉转于羽毛下面
房间里满是试探的风扇声搅动着。

第一个人

你出生的时候，世界正在颠簸中
转向，大地上遍是道成肉身的奇迹
于内向的河流中升腾，引诱人进入
泛滥的漩涡，时间中有明亮的雪
坠入我们不知所终的旅程。
许多事情夹杂着波浪
被盐与雪灼烧，我坐在滚烫的长椅上
融化焦急的意念，去触碰
无形的光线，并关闭语言
窗外的鸽群在不断消逝。

九点十八分，你降生，崭新的篇章
我以全身之力抱起你，你微弱的蠕动
犹如无限深处传来的震颤，持续引发
某种泛滥与遏制，我必须
动用未曾使用过的听觉，试探你的
呼吸，手指、脚踝、脸颊

我必须辗转于明与暗之际
感知你，你有着晨曦的涌动
映照着自身，慢慢浮现
我未曾见过的荡漾。

第二天，你如太阳苏醒
脸上带着淤青，双手如同船桨一样
滑动，身体是一条涂抹油漆的船
带来满房间的玫瑰，光，围绕着你的啼哭
能给你的事物是那么的有限
一滴水，以及分娩后虚弱母亲的一滴乳液
至于你的沉睡，仿佛是虚空中的
低音提琴独自为你描画星空。
我通过无数种方式抵达你
日照或是祈祷，呈现为不同名字的梦境。

这个岛屿，四面为海水环绕
形如歌唱的树叶，白昼以火焰、雨水
远眺的空无组成，等到夜晚降临
波浪的多层喧嚣进入植物繁茂的声浪
棕榈、紫荆、凤凰木带着海岸的回响
此时你是绿色的，清凉、纯净
为绿色所包裹，像是水中的婴儿
在睡与醒之间，向我分发
环绕在花茎上的明亮光线

这是一种秘密的语言吗?
震动着灵魂的新波段

但你仍是陌生的,奇异的新人
用你甜蜜的人形置换我被涂改的记忆
童年失而复得,遥不可及的镜像
通往过去崎岖的山顶,风依然吹拂着
留在那里的喊叫,依然是四重的合奏
我用童年响亮的哨音看着你
时而发出耀眼的光线,
时而退回到不可见的蓝色中
当我双手托起你时
你有更多的奥秘升起,
为着我们的汇合。

我试图在一首诗中重新呼唤你,
以父亲之名,当我进入凉爽的下午
接受反复的分隔,我会触摸你
出生时的羽翼,失落的音符
我会允许记忆变成蓝色
并眺望你未来的某个夏日,
重叠于所有废弃时间之上
被另一种颂歌所哺育,
逆流而上的是我
在每个季节里往返你。

一首诗必然模拟着颂歌
才能在深渊的升降中继续
隐身，探索无名
词语说：建造无声
韵律说：像火一样升腾
一个父亲应当知道这一切
并带给你一个可以藏身的名字
像出海的航标
用一个字咬合着内与外的甲板，
秘密地隐藏一束光。

我在等着你醒来
呼吸着你的沉睡之爱。
柔软的皮肤散发香气
我坐在你自转的星体里
看你慢慢降下无数的光影
对应着爱的明亮无形
描画，然后倾听
融化，孕育着波动
我跟随你，将心扩展为
船的形状，停留在
你呼吸的水面

冬天回响着你的新生之歌
海，重复着你的第一个黎明

回旋的波浪运送清凉的光
这是语言的秘密时刻
无字的言辞晨星般闪烁
我因此感知到你的下降
你身体上的音符
隐秘于重力的弧线
你在进入
我轻轻拍打且颤栗的内河。

谭 毅

建筑术

亲族

接近的房屋之间有亲族逻辑。
人类流动，赋予它起源和角度。
白昼与夜的构思之间，有微摇晃
来自地球转动和转动留下的缝。
或直或斜，它们依靠墙边缘
稳定大气、星辰的位置。

人的生存特性，从地面向高处
缓慢过渡。遵从内部的方型规则，
及被升高的视域所包围的圆现象，
人们制造遥远、非视力所及的速度
与眩晕。经历着区分与不见，血统
随邻居与邻居间的差异一起变灰

从挪用走向贬义。人离开内部空间时，
也搬走了光感那变得扁平的天花板。

他们依次下楼，绕过空空的主轴后，
人和居住的家，都获得了类似弹簧的
联系，一种对循环与共同观的新假定。

斜

为扶住从时针上倾倒下去的时刻，
钟塔侧斜。城之视力从它身旁的穹顶上
扫落更多负载。居民不能提供足够的
材料密度。至多，在寒冷季节里
为顶那洋葱型的壳呼出一层浓厚。

针尖与塔尖都产生向外的力。
居民生活只随这颤动与指向而变。
他们在结合中相压、相逆，排列出群，
沿阶重复，向寺庙的尽头处铺呈。
若被脚下的几何方砖区分得颠倒，
尽可推开窗外已模糊的光晕。

从塔尖和指针上交错消失的，是积。
人们用生活中的位置移动、类推，但
不移动顶点。三角形有自己对称翻转的
轴。而人用它没有发出的嘀嗒声，
限制着自己擦痕般的注意力。

轴

居民注意过线段的速度。生活
在水平方向上进展，屋顶边缘
以斜率为准升高。烟囱里
喷出饭食纯粹而涂绘性的味道，
像坐标间的曲线和圆，控制着
房屋上部不断增肥的形。

夜晚，从手电筒中发出的光
在墙壁上移动，取出由穹顶
透射而下的圆锥形光圈之一片。
那些圆、椭圆和抛物线，随手势
与墙面的相互稳定与倾斜而变化。
居民兑换到回家的线索和硬币。

在十二面体中，亲族仿佛布满群星的
星座。人体聚集着那些不破裂的点，
只在展开一生的长度时，略作变形，
像展开标准的世界地图时一样。

相交

建筑从月之中掰下花瓣造交界。
居民的目光从叶状眼睛里出场,
在独木舟般的行动里,扫描
波动之弧下的圆面积。

居民在房屋里行走,生活
却不移动。在底层的平面图上,
设计者用交叉平行线填充
正方形外墙,带来一阵空调风。

植物带着擦边球的兴奋,绕过
用笔思考的空间。它们的茎
总比建筑物的壳更陡些,
却也减缓对垂直的表达

而增加了流动,恰在人头顶
或进一步升高的拱门处,被区分为

人类的贴身卫士，或苦恼时的长跑伴侣。
它们向光且能点铁成金。身下
也总有未完成的傻子像结石，沙沙地响。

透视

阳光下，建筑向我们发出沿直线
而变化的观光细胞。在眼睛
获得视野之前，它们冒斜雨
满足着我们在轴上的条件。
时间从我们活动的身上取出变化值，
贡献给设计图上稳定的视点。
似乎，我们可以将劳累的空气
像瓷砖铺好，按照帆布的纹理推算轨道。
作物的气味消失得像延伸的交界线
一样缓慢。眼睛，重叠着
角度不同的两幅图像，通过频繁眨眼，
人去掉错乱的锐角和弧，如同剥壳，
找到一枚果真包含世界的卵。
在椭圆的标准方程里，眼睛控制着
旋转和移动的事实。而建筑，将其切分
和运算到供我们休息的点上，借
凉爽的气流，将图纸吹得肥胖。

三角

由抛物线累积的壳，撑开漩涡头上的新覆盖。
雨水倾斜地击打在玻璃上，窗与外界的联系
变得窄而集中。居住者开窗，一层层打开
扇型屋顶。它们不牢靠，容易被潮汐带走。
生活那半透明的软体，正沿缓慢旋转的圆
滑向底部那些交叉和擦去的点。
即将压平的穹顶中，设计者再次试图呼吸，
从拱肋溢出的潮湿里，取出球面三角形，
如同鸟喙带来的突破。扇型壳唤起鸟声波，
为漩涡张开剧院、剧目。歌唱，的确能在翻飞中
完成。从天空降下来的光线，被成群的
浪一般的尖端剖开，露出新鲜的颜色。
这即是尘世给出的、关于点和地点的标准。

蔓延与界定

房间从暖光中取出象征的蔓延。一层
一层，像橱窗里堆叠的地毯，展开奠基于
底层的软尊贵。餐桌和衣帽架，不仅关涉吃
和脱的种类。它们是人附加在看与进退中的
密码，由媒介所蕴含的镜头感摇晃而出。

依照建筑师所画出的院门、灯、沙发，
人用步伐的沙沙声调整着受教的角度。
如果主人和客人一起在客厅中坐下，他们
会同时意识到，脸上的笑容来自
座椅边缘那道现代主义的弧。

我们有一种关于场所的阅读态度，比报纸
更密而华丽。幸福感来自内心向着窗
和廊的文学，吐出的字带芳香泳姿。它
伸缩，描绘，在金属与木的气味之中，
用鼻腔，解决着快慢与夸张的问题。

围

火的噼啪声从海底泥沙中捏出。出生
包含了人类的手指和体温。围坐，是
热而深的主题。儿童的呼吸里带着
海的湿气，他们用生长着的身体
启发了成年人明亮的陆地生活。

无论我们铺设的路多么直，留下的都是
削苹果的痕迹。果肉和土木的原理，
却在会流淌和晃动的地方。如果人行走
于新鲜生活的表皮，会感到内世界
正用一种生物性力量包裹他们。

沼泽上的净水厂，已经打消了沿轴线
漂浮的念头。在一个弥漫的环形里，
水以模糊之光交换时间，发出透明的
吞咽声，呼唤被贝壳盖住的后代。

膜

风在漩涡中转动，被穿透的雾不先于人
分出线性，也构不成雪花："它太爱堆砌
几何。我们愿建楼房，沿屋顶折角后居于它
细细的一侧。"先辈在远去而又被风
反转的道路上看着我们，用语气补充着
那一层和我们交换世界的膜。

我们生活于漩涡的听觉之内。即使梦，
也得不到一颗预测未来的结晶。
醒来时，我们已放走了那只蜻蜓。
它朝蜕变之前潜泳而去。摸到它
破蛹时伸出的翅膀，我们才能缓慢地
打开与空气那多弹性的接触面。

世间柔软的常识，附着在薄如纸的
铝板上。我们晃动于浅灰色光中，
如同歌声经过歌剧院的设计，又在

报纸的评论专栏里以连续的铅笔体出现。
一切都在推算和经过，那显与不显的
中间状态，如一阵阵行于路上的雨。

土地

漩涡有向上倾斜的农业与建筑。田埂
望着沿楼群升起的新秩序，从绿的银光中
提取同等的灰绘出三维图；而积累在土层
身下的枯骨，因泥腿的踩踏，仍是暖的。

蔬菜的茎热衷于排列，往每户人家眺望
自然之光的地方，输送对称的脸平面
和水分，仿佛从冰中抽象出一块不融化的
糖。平均与平面就这样合作着

并忽略相悖的我们。身体被薄薄地组织成
一片，在片与片的映照和划分之间，我们
瞥见过他人走来的一瞬。而果树们
在果实中团聚的一小口甜，又缩小了一圈。
唯有土地听到了那一声深处的吞咽。

李国华

在鲁迅公园

在天津

我想起那个计划沿渤海慢跑的诗人，
密集的瓷片被努力拼装出典型的形式，
妖娆，如同灵蛇的唇吻，
如同光荣和耻辱交织的斑纹，
守卫着古老的城垣和崭新的梦。

我和我的妻儿享受着熟人社会的温暖，
同村的医生之子领着我们，
车轮滚过津门，海风吹来些什么？
稚子在泥沙里捣腾，直到
鲜血染红了黑沙，他想象着
海螺里有四季的声音，和人的声音。

海螺里也许有关于社会的争执，
和我与故友的争论一样。
我大约是言过其实地张扬了
后知识社会的蜂窝，寄居着

一些泗水归来的过客。
你到底能看到些什么呢？除了
你心中不断重复的一幅壮锦。

中元节之二

又虚拟了脚步，
踩着一地钱包灰烬，
向逝去的父母奉寄一点薄礼；
是的，还要加上逝去的兄长。
一些无力的苦恼如毒蛇，
撕咬着生者的灵魂，
以供阴中受用。

夜色是魂魄的家园，
请索性携带未来的消息，
打开时间之门，听道场的唢呐，
还有道士在浑唱地下处处平安。
无论何时，人间一向多故，
报不成什么好事，
且请阴中受用。

在成都

掠过熟悉的城市面容，
初会的惊喜升起，草堂的地底
确是两三家唐代的村民，
不经意指出萧条异代的同情。

深夜是适合交流的时刻，
沉淀着历史的热络和此刻的寂寞，
我们常常有重逢之喜，例如，
华阳国志里飘出来的香味。

当然，晓看红湿，
凝视是古老帝国的彷徨，
目光如炬，穿越了杜甫的生活，
且来誊写几遍形而上学的忧伤。

在长春

此刻，我站在红旗街上，
冷风徐徐吹来，我的身体里
还残留着万达广场的温度，
而我自己还有一个部分，
因为仿佛若有光，便寄居在
满映和长影摄影棚的黑暗面。
殖民者的梦也会开出王道的花来么？
扭曲的通道里也会辉耀人性么？
历史如灰雀雀跃，塑造一些
小小的感动，另一半还是荒芜吧？
此刻，我等着 80 路公交送我去
东北师大，见两个多年未见的朋友
和一个新生的生命，聆听新生儿
对世界的看法，如果他愿意倾诉。
当然，我没有办法，只有等待，
等一个铁皮的怪物帮我挣脱
长春坐落在吉林大学的古怪念头。
于是，我听见风，冷冷地徐徐吹来。

致亡师

寒潭之寒，
凝一丝微茫的灵魂成形，
如衣兜兜住石块，
如屈子自陈。

不经意想到资本的抽象统治，
以及交易失败的靡菲斯特，
那些世袭罔替的尊荣何足道哉！
觳觫的身体，
是孟修斯难以应对的。

残酷的世界里有卑琐的温情，
然而“卑微的造物有力量”，
也不过是谎言吧？
如果寒潭通海，
也好深入海底两万里，
澡雪精神，归去。

在武康路

与多伦路相比，
路人的颜值普遍偏高；
这符合一些英俊朋友的口味，
他们反复转发国外的研究，
说是右派长得好看。
路上各国建筑风格共和，
不过并不民主，
倒可能有些殖民的伤痛，
中国人生命圈的烙印；
但也关系不大，
现在已一并化为优秀的历史。
黄永玉在巴金那展望未来：
新世纪不再忧伤。
是的，新世纪只有抑郁，
只有名人或者名猫，
纷纷扰扰，逗引颜值高的人，
开开心心在福开森路来往。

我的妻子和我自惭形秽，
乡下人进城，出城，
画不来彼此惊讶的样子。

在鲁迅公园

持续的方式多样，多余的是
层层加码的文化公约数，
如果没有珍惜生命的老年
看穿红尘并看穿路人好色的目光
透射着欲望陈腐的影子，
那么，那些爱歌唱的年华似水
将使整个林丘变得悦目，翠翠的山
百鸟欢鸣，交媾不是神秘之事。
从山下来的在山上野合，从山上来的
在山下拉开手风琴，或者用一只
萨克斯的弯管伸进对方苍老的心里
并且打一个结，爱是不能忘记的。
尽管旁边甜爱路上骑着摩托的孙悟空
已被刷成灰，一切都成灰，
那些反复添加的爱情诗人已经爆仓，
不能购买，不能再为两人的相遇
做风炮补胎的工作，一组组的他们

都在广场上舞蹈，歌唱，饭后百步走，
活到九十九，然后收拢荣誉并汲尽
善意，装扮出一副与世无争脸孔。
那时候你应当联想起植物在月球发芽
而吴刚终于是无，层层加码的结果
是一片昏暗，像虚无中的炼狱
有一副人间天堂的样子，不如归去，
也不如碎在那里，落得宁为玉碎，
落得天人清且安。但是这里只有一半
时空，是半神半鬼的所在，一个
胃病肺病缠身的男子常在探望
路灯下三两个市井移民以及一个
摩登少女的高跟鞋敲碎夜色。高跟鞋
是足以将人撬离地球的！这多病的
男子写下一个究竟有文采的句子，
神思乃溃散在太空，诸神无在而细民
微呻，并且挪动过几个圈层，
爬上了人生的巅峰，奉告世界太平，
有梦想谁都了不起。几个蓝衣人物
带着流言在历史的街道上疾驶，
以一种三十年代的速度，拉动亚洲，
修复世界的东方巴黎，冒险者心花怒放，
如同母国的碎片，浮植在黄浦江畔。
最好的办法是征诸语言，东印度公司
曾热爱泰戈尔，而同文同种是东亚的抵抗，

抵抗资本的喧阗，也抵抗亚洲的觉醒，
古老的帝国惹梦思，恨是礼物，
继承血统的是浪人的凶残和浮尸。这不是
开诚布公的时代，多病的男子即使躲在
日语里，也无法忘却租界之可恶，
被蹂躏的肢体和灵魂会生产过剩的思想，
多年以后，有人以多病男子之名
宣称殖民三千年之必要，宣称
当代霸权都过于贞洁，不肯在战争
的血污里漂洗东方民族的历史。
那么，几株池田大作樱何足道哉？
当植物已在月球发芽，当多样化
变成一体化，外星人打着光帆寻来。
森林里是黑暗的，洋场也黑暗，
只有这公园阳光明媚，健身和歌唱
的男女舍不得离去，在坟堆上
激动地围成一个圈，中国人的生命圈，
快乐而无所畏惧。风微微吹过，
这不过是另一个寻常的下午，
有游园的市民惊梦，想起家中
燃气灶上还有一只茶壶嘶嘶叫着。

徐钺

无名之辈

无名之辈

这孩子将来是要死的。
——鲁迅《野草·立论》

你听见了？他是这么说的吗？
——老舍《茶馆》第一幕

一

太久了，会场的服务员不知去到哪里，没有人
来探问面前茶杯的温度。圆珠笔在纸上
笨口拙舌地比画，试图模仿话筒们的雄辩。
“历史教育的使命”，他写。但不知在写什么。

他庆幸，轮流发言时表现不错；——他做过准备。
尽管他也像所有人一样清楚，这并不重要。
有人早已将笔放下，看时间在手机芯片里蠕动；
麦克风偶尔暴躁，把唯唯诺诺的傍晚叫醒。

似乎结束了。邻座的教师代表正起身，收拾表情
打理自己的谦逊。他也仓促地握手，说“是”；
说“是的”。他等一等，确信没有领导会走近自己
从稍远的门绕出去，绕过那些对职称的关心。

他决定徒步走去附近的菜市场；——没有车，时间
也还够用。《中国近代史纲》的课件需要修改
可那是明天的事情；今天，是生活；小贩的叫卖声
在夕光中隐隐响起，像教案里似曾相识的段落。

他攥着妻子手写的纸条：有些菜已经售完。但足够了
他想，他没有那么多新鲜的胃口。他早重复了
对价格的争吵，重复了“爱”“积极”与“事业”。
他想回家，慢慢做饭，等八点档的穿越剧上演。

太安详了。他不想在今晚收到有关论文的任何邮件
——那些历史，那些自以为是的历史，那些
在他的楼道里反复跺脚的声音。黑暗中的钥匙的声音
永远连成一串，谁猜错，谁就抛弃自己。

他不想生在一个需要英雄的年代。也不想明天。
他洗手，择菜，把购物袋里的血水冲掉。
他不想知道，盆中这一小块猪颈肉是否也曾经慷慨
也曾在某时某地说：“引刀成一快，不负少年头。”

二

走出殡仪馆的时候，天还是阴的。
他在门口的花坛前抽一根烟，站了一会儿，没有再回去。

有些花朵已经败了，另一些则正当其时。灌木
比那些高大的落叶乔木更早苏醒。远处是草微微生长的声音。
他知道，这是春天。

有几个年轻人走了出来，从花坛的另一侧绕过。他不认识
但他知道：他们为何会与自己来到同一地方。
他不期待有谁会在这个四月的上午过来寒暄——他没有几个熟人。
他知道，当他死时，没有一个曾见证他诞生的人会到场。

他老了。虽然尚不急于打探死亡的价格，但对必要的流程
也早该熟悉。很少再有什么名字让他感动，岁月
正像腐殖一般消逝
在四月的每一块土里，变成陌生的花与叶与幼虫。他知道
对过往的记忆会像几百几千年前无名者的记忆，作为历史公约数，奢望
被写进教科书的一个词里。

可他还记得。童年的词，童年的祈使句，红的封皮，黑白的

电影。

他还记得最后一次见到祖父时城镇上空的云朵。

他记得黄金的风的颗粒

在小学校的办公室里，诱使他犯错。他记得蜡白色的

捧在手里的纸花，被挥动，被漫不经心地丢弃，像作业本里一页编造的日记。

他记得童年时的游戏——那一块手绢，在他和他的同伴之间

讲永远循环的故事："大家不要告诉他。"

这故事，他听过多次，在漫长的成长中。他遗憾：大部分的"他"

都已被遗忘，在集体照中渐渐陈旧，在世界上的某个地方

被放进一个盒子，不再打开。他知晓这规则

可是为什么：那被选择的，被伙伴们蒙蔽和被呼喊着奔跑的，不是同一个吗？

过滤嘴在花坛旁的垃圾筒里群集，每一支，都是一段无伤大雅的生命。

他玩过很多不同的游戏，不同的角色。他不清楚

是否自己也曾将什么东西放在同伴身后——一张手绢，一句话，一个

被编造的故事；他是否曾感到难堪，或者，为没有被谁追上

而庆幸；他是否曾安全地坐下，在某个位置，又在更加长久的等待之中焦躁

像在四月上午的殡仪馆里……

有小孩子的声音在向他问好，连说了几遍。他赶紧醒来
回应，指了指自己的耳朵，做出微笑，向孩子的母亲表示歉意。
是某个旧友的女儿吧
用抬高的语调寒暄，尽力地，表示尊敬，问候他的健康。虽然他听得清。

天还暗着，像工厂食堂的棚顶。被喂饱了悲伤的人们走向花坛
从身边绕过。他突然想看自己的葬礼。他想看看
在临终的片刻，死亡会怎样让每一张脸都发出同样的声音
让命运向他耳语："快点快点捉住他，快点快点捉住他，快点快点
——捉——住——他。"

三

小区里无人管教的孩子像猫一样乱窜，在窗玻璃上
刮出发情般的声音。从二楼
能听到它们和远处街道的加速与刹车混在一起
填塞思维的空白。但他必须开始。
这从未尝试过的宏大的题材，他必须写，他不能
继续重复自己唯一一本散文里恬淡的闲谈，恬淡的生活

他不爱的生活。年龄证明他并非天才
但他还想在被遗忘的序列之中做出挣扎，试图
在千百年后被记诵，成为考卷上一道名词解释的题目。
他需要把握住一个伟大的时代，他知道，可时代
就像一场过于沉醉的春梦，永远
记不清面容。屏幕上是几乎空白的文档，新闻
却在某个弹窗中突然跳出（他不知该怎样永久关掉它）
告诉他胜利的会议，马尔代夫，游戏，新款跑车
和在逃罪犯的面貌……世界像二维码一般
晦涩，令他困顿，令他不能
去和退休的政治家们高谈阔论，让啤酒瓶
在小卖部旁的塑料桌上比画，交换蓬勃的泡沫。
他疑心自己永远无法写出一个伟大的开篇：他只是一个平庸的
不剩多少谈资的中年人，养狗，独居，没有厨房，也没有
令人铭记的爱情。而伟大的小说
永远属于伟大的作者；他只能在这计量每月开销的生活中
在这房间里，虚构未来，写下稗官野史。
他想起中午遛狗时有孩子向他大喊“野狗”，然后跑开
跑向在一边抽烟的父亲——他记得，那是曾给他
盖章的人。他记得自己那些战战兢兢的文件，也知道
那孩子不是说他，但还是愣了一会儿，直到相信
他确实听到过一个声音。
回到家后，他也看了看自己的狗，
拿一把旧梳子给它梳毛，但没看出什么分别。

电脑屏幕上还是几乎空白的文档，软件功能区各色的图标
调笑他的迟钝。可没有什么办法
他的一生都比别人缓慢，迟钝，不那么先进。他感到
自己是一个没有历史的人。他甚至不清楚
父母离世的具体日期，一种在睡梦中瑟缩的声音
让他不去打听：人总会死的，人总会死。
而“时代”。他笨拙地打出一个和小说主题最为切近的词，希望
不再把它删掉。他想从他记忆中的少年时代开始
写一个没有家庭的主人公，略为任性，笨拙，但不像自己
那应该是一个过早熟习真理的规则，不惧辱骂
也不在熄灯之后诅咒的人；他应该被人爱，也曾经错过
一些可爱的人，他可能会在某个瞬间轻易地愤怒
为不知名的事物，无所顾忌地投入一项事业，一段中国历史
他将在人生的最后一个黎明到来时做爱
像地火一般喷薄，让肉，与骨，与血液，见证一个男人的形象。
可他早不记得上次晨勃是什么时候。
时间的光谱在旧书桌上延展，拉伸，像在回忆
作为树木时的尊严。窗外有京剧配乐
让岁月健忘，吊起嗓，唱荒腔走板的姻缘
而他在想一个英雄。他咽了一口吐沫，告诉自己
虚构的力量。他在想一个不太像自己的人，在他所见证的时代
自己做出选择的人，一个历经屈辱却还有勇气的人，是的
因为：“他知道，没有人能逃避自己生活的……”
玻璃声。玻璃碎裂和狗叫的声音

几乎同时响起——他在桌上猛地一缩，像有某个错误
刺进手指。风吹进，让屋内的阴影荒诞，变换出瞬息的形体
又瞬息安宁；没有人。那些孩子
已经散了，只把一颗黑白相间的足球留在他的屋里。
他起身，慢慢走到窗前。
刚刚降生的柳絮在近旁浮动，无辜地嬉戏。
微微倾斜的日午透过路旁的电缆与枝叶，让楼群发白。黑暗
却涌入眼睑：他半生所写，都不如那一刻阴影的闪灭，如此具体
真实，微不足道，如此不可质疑（想想他拙劣的虚构）
让他感到羞愧。他的野狗朝足球吼着，那闯入者
还带着黑与白轻轻滚动，在墙上撞一下
便换一个方向。他不想再写了，他不认识什么英雄。
太阳正沉落，站在言辞般空洞的窗前，闭上眼
就能听到生活脚下的碎片。
他听到电脑系统提醒危险的对话框轻敲着太阳穴。
他听到隔壁寡居的老瞎子正折磨收音机。
他听到述职报告在抽屉里沉默。
他听到图章按下
而猫在发情。
他走去储物间，打开布满灰尘的工具箱，拿起一把锤子。

四

他听音乐，耳机开得很大，被打乱播放的童谣、莫扎特和平

克·弗洛伊德像堑壕前的铁丝，隔绝出一个世界。

他在街心公园的长椅上坐着，并不急于回到单身宿舍。天空奇怪而高，但没什么表情，星星被四周高耸的居民楼顶向更高的地方。低下头，有人在烧纸，火光吸引着夜晚。他拿出被撤下的稿件，又读了两句，向旁边抽烟的人借火，也将它们点燃。

纸烧得很慢，比他想象的慢。文字在火中蜷曲，变成易碎的、没有形体的一团，又轻轻散开。这些言辞，这些无名者身后的灰尘，月光中残缺的部分。他不再想明天的采访，明天的通行证。此刻只有死亡还在工作。没有人会问他问题，没有人会回答，缓缓升起的黑夜像羊水包裹着他。

二十六岁，他感到身体已不再生长。他疑惑。诞生，就是为了今天，过往的一切都是为了今天吗——成熟，并从此衰减。他还不想承认，自己就将用漫长的时间衰减为一个不曾存在的人，像所有人。那些只在童年时见过的远亲，有花纹的匕首，第一次的爱情，都不过是一次燃烧中噼啪作响的一瞬。

而昨天的记忆，握着笔和纸的记忆，按下相机快门后长久不散的记忆，被训诫的记忆，也必将冷去，蜷曲成深黑色的烛芯。那些自以为是的真实，被说出的，会被声音遗忘——他知道一道长长的伤口能怎样缄默，像证件上的面容，在岁月里变暗。

这一切的逝去，都是为了今天吗？

他站起身，向一个方向，无目的地走去。星光像被吹散的火光，驱赶着时间，喝令它们向永恒奔跑。可他听不见。他独自一人在四月的夜里走着，听打乱的音乐，听花朵般的哀伤。他想把自己深埋进银镀乐器的一声低鸣，让灰烬沉入此刻巨大的虚无，生成新的肌肉；他想抓住那曾燃烧着火光的内心，让它跳动，让它回到暗暗的疤痕深底。

打开。他感到自己是一个人，曾经存在的人。世界在他眼前闪过，像面对一个濒死者一样慷慨。无人问津的灵魂在火焰的排练之中向他凝视，吹奏自身的重量，“我没有嘴，但我必须呼喊”——这是出自哪一本书，哪一部电影？他看，无人回答他。无声的街道，无声的风，无声地站成一列的树的影子，无声的嘴。

他也是无声的。

擦肩而过的行人带着命运的口罩，每说出一个字，就拨动一次寿命。远处亮起的霓虹灯牌像一页页新闻通稿，邀请他进入。音乐停了，一场演出正在谢幕，乐器将被收进黑色的盒子。他听到计程车呼啸着搬动人类一天的疲惫，把明天的生活扔在后备箱里。

他想起那些还未成文的素材，那些在他背包里安静的声音，安静的脸。它们终将在世界上的某个地方永远睡去，走入遗忘的阵列。虽然此刻，他还记得。他清楚，每一个化名背后都有录音笔不能佐证的沉默，它们会在镜子的衰老之中慢慢变成他自己。可他才二十六岁，他不能再想了。他还需要房子，爱情，健康，和一个可以预期的晚年……薪水像敲击在黑板上的教鞭一样敲击他未来的梦；可是，仅仅在这个四月的不愿逝去的午夜的这一刻，他是醒着的

他记得。

黎衡

合照：2001

捕影，捉风

透明胶布，一度被我们用于涂改。
在考卷、习题册，或周记上。
当时用笔、纸书写还是习惯。胶带缠绕着
圆形卷筒，宽度大约相当于
汉字“新世纪，我的一天”的高度，当然
也可以涂抹英语“do doing does”或是
根号与数字（一只渴望分身的飞虫）。
这对纸的厚度提出了要求，粘住，揭起，
表层的纸墨和错误吸附在胶布上，
剩下一层，薄如笛膜、蜻蜓之翼。
必须小心地写，否则笔会刺破纸的音流，
空出一个虫洞。
本来用于固定的事物，被集体
拿来抹除，这是哪个天才的第五大发明？
让它成为文具店的新宠，
掌握了粘滞与剥离的二分法，胶
介于固态和液态之间，

越过这细长的透光面，近似于无物的弧形阻隔，
光，像是抓住了每个人的扶栏，攥紧从左至右再
另起一行的咒语，让字符吸附黏液，一圈圈驱赶
书写之力与悔恨的困乏之间的死角。
有人会把废弃的胶带缠成另一个圆圈，看着它
日渐变大，与透明的新胶布在天平
两侧此消彼长。我则习惯于用完一截就撕断或拿
牙齿咬掉，墨迹微茫的咸味
也会在唇间留下一个泉眼。
有时我扯开一段，犹豫从纸上的停顿能否
推开不同的暗穴，
太阳穿过窗玻璃再为透明胶布抹上琥珀光圈，
把它当作一条空荡的尺子，一道傍晚的窄门，
眯起右眼，看到他人的脸
在胶布上挤成了起起灭灭的气泡。

当胶带悬下一截，拿在手上晃荡，圆筒
钟摆般屈服于
万有引力的诱惑，校准我们双目间垂直的分割线。

这时我感到从地心伸出了睡眠的枝蔓，
波浪似的漫过我的脖子、喉结、眉骨和额头。
我想念根系的感觉，沉重、安稳，
在土壤深处的天空上滑翔，梦见自己
成为合照中的一个角色。

而那时照相还有最后的仪式感，像栽种新苗
一样小心翼翼，底片像透明胶布，
黏上，揭开，我和亲人们穿过光的通道，
在一个花岗岩匾额贴着“欢迎光临”的
大门台阶站成三排。
金色抛光门柱，锡纸镜面反射竖长的光条。
白瓷砖墙，黑窗洞，红色告示栏和春联
露出一角，灯笼飘摇，
地面有化雪时鞭炮和脚印的污迹。
照片右下角留下一串蜜糖色的数字：
01,1,26。它们等待着数学家、
历法学家、考古学家、死亡学家的目光。
当这目光成熟了，
新苗也会长成老树。

会有众多的影子凝固在相纸上，
他们的实体站在岸边，如果快门是河流。
如果成功藏匿起来的摄影师
是透明的桨手，奋力挣脱了打旋的水涡，
挣脱了上游和下游未来
在水面的合力，挣脱了形象的疾风
翻飞，漫卷，不断自我粉碎，
挣脱了将我代入这个群体函数中
费解的挠心，向前，向前……
至少风凝定在

合照上，这个渡口已经冻结。
至少影子们
可以在这一刹那休息，没有重量，
没有方向，并不感到劳累，
仅仅是色彩和线条。

十五岁

欲望的种子早在八九岁就已勃发，
十一岁生出尖锐的新叶，十二岁结下初果。
十三四岁的果实已经苦涩，烂在泥里，
无人问津。春天他有九副身体，
第一副身体是金属溶液，
沸腾着流淌，第二副身体是没有形状的
模具，第三副身体是滚石
吸收了雷声的重量，第四幅身体是风，
裁剪别人也裁剪自己，第五幅
身体是氢气球，挣脱了绳索，
向蓝天一溜，第六幅身体是压缩剂，
把街道上颤抖的肉体
弹跳的臀部麋行的双腿
收束进一枚电子，第七副身体
是浪花，滚滚而来，潇潇而去，
没有增加也没有减少，
没有毁灭也没有创造，

第八副身体是人造卫星，
瞄准了地上人睡眠的坐标，
第九副身体是隐身舟子，拨开闪电河道。
夏天他汗涔涔地惊醒，
下肢被热带丛林的花枝和粗藤缠紧，
汗水作导体，电流唰地
从脚心传到心口，从太阳穴传到下腹，
食人花分裂的花蕊，
不是靠力量，而是靠柔软的弹性，
色彩的马赛克也在弹跳，
丛林遮天蔽日，阴影和雨滴的漏斗
从头顶流下全身的幻觉。
秋天的悔罪掏空了风景，
回家后口渴难耐，连喝下三碗清甜茯汁，
身后的巨磅拉他沉向水底，
再光速浮上井口，
一次一次，下沉愈深，上浮愈迅疾，
直到死亡的极限托住他，
那张底部的光膜就要破裂。
冬天，暖流凿空，
果实都埋藏在雪仓，
就像十五岁之前的幽暗，
是地狱第一层的平静灵泊，
是前世与今生之间漫长的玄关。

正负

外婆的父亲在民国做县监狱长，
因为错放进步人士，自己坐了牢。
母亲家开了大作坊。
外婆念叨，所有人都问他们借钱，
但无人奉还，
五十年代父母早逝时，已家贫如洗。
她能识字读书，
戴上老花镜，竟有点知识分子的忧郁，
这样的仪式只在给我念书时
才会举行，那是午睡前的乞灵，她的
白发夹杂黑发，讲完两三则童话，
睡神便潜入我的鼻孔。
有时外婆走神，我惺忪揉开眼，
她还在专注地念。“讲到哪儿了？”
“睡着了？ 那不讲了。”
“我又醒了呀。”
小木窗射下天井的幽光，

打到我的鼻尖，灰尘在矩形光柱里跳跃。
老屋是一只软体动物，寄生于稠密的黑暗，
就像水蛭吸附着一个熟睡的人。
长年吸收黑暗，外婆的眼睛像利刃
总是刮着磨刀石。
代价是，她的听觉过早开始衰退，
即使我幼弱的轻鼾让两缕灰尘改变了方向，
她也毫无觉察地在故事中不断降临。
最奇异的声音
是她的诵经在我半梦半醒时的播种，
我闭上眼睛让黑暗熟透，
让耳道的振荡借走书与我与外婆之间的谜语。
那文字的种子比灰尘还要
不可胜数，光的细沙拍打我，簌簌。
我只从外婆吐露的黑暗里吸进了一小部分，
埋进松果体，也在鼻腔凿开
一间暗室，呼出的文字和梦见的残片也有尘埃。
夜晚睡前，外婆在枕边绝对的黑暗里
讲她心中的故事，“古今”，四言八句，传奇
与历史（她个人从刀刃反光看到的部分）。
她把讲故事当催眠术，
我把睡觉当作故事结束后无知无觉的假期，
总是催外婆继续讲下去，
不在乎是否听过，直到她失去耐心：
“吃不言，睡不语。”

另一种仪式是朝圣，我被叫醒时
公鸡打鸣，外婆带我去山上。
她的脚力略逊于一个五六岁的男孩，
有时落在后面，让我先走。
从西关过桥绕到南门外的大坡，
再从山脚攀上数百级石阶。
观音在山腰小石洞内，灰光
与缭绕的青烟让我从未看清她。
与其说是“敬老爷”，不如说是
一场寂寞的远足，
必须摸黑出发，在破晓时来到中途，
让朝阳辉照上升的阶梯。

外公年轻时从山上
走下河畔的山谷，县城厂里招工，
他凭学艺快的本事进了体制，
工价挣来一日两餐。
金属是他的朋友。
他打轧井，打锅铲，
闲不下来就搭梯子，攀上低矮的小阁楼，
修补，挪腾，
明天把东边的东西与西边交换，
昨天把北面的木箱移到南面。
我从未见过他在厂里的活计，退休后
外公打老年扑克，为争个输赢。

电视也是他的朋友，
只看战争剧以及八六版西游。
打起来，就是一片蜃景。
堂屋无窗，但外公看电视不需开灯，
屏幕的光照带来紧张。
有一次，他在阁楼上架起桌子练字。
毛笔挥舞在裁下的四方玻璃上，
不废纸，写完就涂掉。
外公对我无话可讲，他的呢喃
多于对白。背着三四岁的我过桥，
旁边骑自行车的大孩子赶命似的
从他身边擦过，
外公停下来叫骂，像街上的一尊愤怒之神。

女与男

外婆的弟弟追述："父亲毕业于黄埔军校。"
我的大舅，声称见过文凭："是保定，不是广州。"
外婆最怨念父亲重男轻女，在桌上板起脸，
谁比他先动筷子，得挨巴掌。"姑娘家泼出去的水，
认得字就够了。"她念完高小，初中没满一年
便回母亲的作坊帮工。在我幼年的旧街，
外婆，是唯一会唱中华民国国歌的老妪，这是她
学业的记忆，她小声唱了一段，警惕地停下来，
摇着蒲扇，帮我鼓起纱幕般的清风，又伸手
驱赶蚊子，我看到星空被屋顶的崖岸截成峡谷，
问她还学过什么曲子，外婆哼了一节
《毕业歌》："同学们，大家起来，担负起
天下的兴亡……"可惜她父母生下四个女儿，
晚年得子，未长大及膝，换来造业的恸哭。

外婆，一个旧官僚和小资产阶级的女儿，
二十岁后贫苦一生。父亲用偏见教会她自卑

和忍耐，用殒殁留给她平安。
外公，一个下山的农民之子，新生的工人阶级。
夫妻头两胎都是女儿，大姨和我的母亲，
赶上了新时代，妇女能顶半边天。

大姨不像外婆沉默，也不像外公木讷，
长在六亿神州皆尧舜的
新天新地，一个女武神，从小带着我母亲
在河边砸石子卖钱，补贴家用。
她是家族中唯一上街游行的革命小将，
自制红缨枪，造反有理。
她是家族中唯一下海经商搞起装潢的
企业家，为公司取名飓风。
九七年给父母和弟弟盖起三层小楼，
驱散了老屋四十年的黑暗，
黑暗像我的童年，从空气中消散了。
在合照一角的窗洞里，黑暗还在弥漫，
被相片中外婆远视的双目收聚。
我在黑暗的斗室远游，
天井是海洋，小木窗投下光柱海峡，
我在黑暗中收到上金融学校返乡的小姨
带回的连环画，我爬上三角形阁楼，
咳出呛鼻的灰尘，翻看旧书籍和历史地图，
用整个下午阅读抽屉里的百科全书：家信，
当兵的二舅和求学的小舅传来

数年前远方的消息，每页纸是一座枯黄小岛。
隔壁，大舅弹起了木吉他，
他开大货车，从遥远乡镇的供销社和
大雪封山的断头路上回来。
夜晚他开灯睡觉，时常梦游冲向窗子，
白天他的茶叶漂满大半个茶杯，
灌下一口，黑暗就成了腐烂的珊瑚。

母系集体

从下到上第一排，有三张椅子，
中间坐着外公、外婆，
各抱一个婴儿，二舅的儿子和大舅的姑娘。
外公左边的椅子我坐着（因为太高）。
我的左边是小姨的儿子，
小我五岁的表弟 Y。
外婆的右边是大姨的儿子、姑娘，
小我四岁的表弟 S、大我三岁的表姐 R，
还有我六岁半的弟弟 H。

第二排是六个女人，外婆的三个女儿和媳妇。
大姨、小姨、我的母亲和三个舅母。

第三排是六个男人，外婆的三个女婿和儿子。
大姨父、小姨父、我的父亲和三个舅舅。

第一排九人，第二排六人，第三排六人。

两位老人已有些耳背。两个幼童尚不会走路。
六岁到十八岁的孩子,
都来自母亲和她的姊妹。

外婆六个子女,按排行,
是大姨、我母亲、大舅、小姨、二舅、小舅。
外公、外婆生于三十年代,
大姨生于五十年代,
母亲、大舅、小姨生于六十年代,
二舅、小舅生于七十年代,
R 姐、我生于八十年代,
S、Y、H 生于九十年代,
两个婴孩生于二〇〇〇年。

任何一张家族合照,都是时间的合唱队,
这一幅也不例外。
我,一个少年,变声才完成不久。
带着不同的时间轨迹,
他们的歌声是沉默。

外婆的沉默是灰色的。我刚记事,
问她的年纪,外婆就说六十岁,
其实距六十还有四五年。
接着她会讲一个故事,
说古代有个国家,年满六十的人要活埋。

再说到她小时候
身体虚弱得一级台阶都爬不上去，
老人讲，这孩子肯定长不大。
外婆总是佝偻着，坐在矮小的竹椅上，
在土坯房过道的阴影中。
瓦片上的茅草、冰勾是她奇迹的刻度。
她每一次说话都是奇迹。

外公的沉默是棕色的，他是奇迹的延长线
和暗房。用汽配厂里学到的手艺，
在天井小院亲手打造一架铁质轧井，
把地下水引到我的浓酒似的血液中。

母亲的沉默是绯红色的。大姨和小姨的
沉默是绛紫和红褐色的。
Y 的沉默是黑色的。S 的沉默是米黄色的。
H 的沉默是军绿色的。R 的沉默是乌青色的。
台阶的沉默是大理石雪花色的。
大地的沉默是冷硬未化的雪壳色的。
门楣的沉默是哈哈镜色的。
大门的沉默是漩涡色的。

外公在天井院轧水时，雨落下来了，
外婆被厨屋柴灶的油烟呛得连打喷嚏。
我问妈妈，地球为什么是圆的？

她说，你去问地球。
外婆在厨屋的铁和火中间忙了一辈子，
炒完菜还是战战兢兢，拈起一片，
让我尝尝，淡吗？
我含着洋芋的咸，像含着一把钥匙，
抬头看天井上四方的天空，
拧紧了乌云和雨滴的眩晕。

世纪

三年前外公去世时，几乎失去了全部记忆，
认不出任何一个人。
他的灵魂成了一张窄小的新试纸，
一卷展开的透明胶布。
老屋的黑暗消散后，他每次辨认我是我，
都比上一次费劲。
对他来说，我只是拙劣的赝品，
模仿了一个消散的男孩。
外公的死是漫长的，用了二十年，直到记忆
完全摆脱他。
大姨的死是短暂的。
十年前，外公不听劝，颤巍巍穿过巷子
去参加她的葬礼。

拍下合照这天，是我十五岁生日。
按阴历，生日已过去十几天。
腊月和一月像生锈的齿轮难以咬合。

此后我很少回到县城。
更让人困惑的是新世纪的计算
从二〇〇一年开始。那么二〇〇〇年既是
20 世纪的结束，又是 00 年代。
我以为，自己曾两次跨越世纪。

易 翔

我把爱放错了地方

流浪记

她取出熏好的腊肉，冷藏的鱼
将它们一一塞进车的后备箱。
还有几袋晒干了水分的白菜，
再就是一个泛黄的背包里几件
简单的衣物，她和我们上路了。

已经是过了花甲之年的人
没想到还要让她再次出发。
我们打碎了她的青年和中年，
还不能给她一个宁静的晚年
呱呱落地的孩子把我们打乱了。

她偶尔在东莞带孙子（我儿子）
偶尔去深圳带外孙（我妹儿子）
仿佛是在给我们复习功课：
原来我们就是这样被她带大
她再次扶起这些柔软的童年。

她总是念叨着老家的田地
她本身就是一株乡间的植物，
我们却将她从泥土里拔起。
她还总是念叨着田地里的父亲
因为我们,他活得像个孤儿。

悲伤

“晚上喝完酒出门
骑着摩托，迎面被卡车撞出十几米
血流了一地，脑袋都破了”
母亲向我描述楼下邻居的死亡
我听着都还感到悚然

第二天我从楼下经过
他家的康寿药店还在营业
他的妻子正背对着我给顾客拿药
三岁的孩子在地上玩积木
薄薄的阳光在房间里萦绕

这是天气晴朗的一天
一切都仿佛从未发生
行人和车辆在门口穿梭
路上的灰尘像往日一样弥漫
每个人的悲伤都不可名状

承受

一棵树在雨中轻微地晃动
它在体内的年轮里墨守着戒律
也允许几片树叶从头顶飞出
草把自己紧紧系在大地上
沿着风俯下身子，在雨滴的重量中
它们编织着自己的光环
作为雨水的旁听生
等雨停后，我才加入阳光的队列
我的肉身重过一片叶、一根草
却只能承受自然极少的部分

字典

和女儿一起学习用字典
通过拼音或者笔画
抵达一个个内涵丰富的词：
黑暗、光明、温暖、冷酷……
认识一个词只需要一分钟，
而进入某个词的庇护，
或者逃避它的禁锢，
却需要用尽一生，
甚至有些我们终生都不可遇。
女儿正大声地朗读它们，
她在字典里认识的词语
将越来越多。而我正在努力
给字典做减法，只剩下几个：
平安、喜乐、善良、爱

指甲

多日不觉,指甲又长出一轮
张开口,伸出双掌
就有了张牙舞爪的模样

将多余的一一剪去
把剩下的细细打磨
才让自己恢复往日的平和

更多锐利的指甲
长在心里,扎进肉里
懊恼啊,怎么拔却拔不出去

在梦中

我去过一个地方
在那里，粮食可以随意捡拾
水果可以尽情采摘
我在里面精挑细选，不断攫取
左手拧着金条，右手抱着奖杯
肩上还背着给孩子们的礼物
当我怀着满腔的狂喜
走在回家路上的时候
梦突然一下就醒了。
坐在床头，望着空虚了的双手
我怔了怔，明白刚才是个梦
而又不仅仅只是个梦。

芒果树下

怀着危险的惊喜
从芒果树下小心地经过
一个个饱满的芒果
像孕妇们挺起的肚子
树下，一个两岁的男孩
挥着树枝，不停地往上跳
仿佛他总会将芒果打下
我多么羡慕他
深信幸福既可望也可即
当我走远，回头望去
他还一直在那里仰着头
一直没有放弃理想

突然

阳光突然就照了进来
房间里变得明亮
我的心情也愉悦起来
好像窗前树枝上的那只鸟
就是刚刚从我的心里射出去的
都说爱和恨必有来由
为什么我突然就想雀跃一下
好像是上帝突然把喜悦
放在了我的体内一样

迎接

像一棵树迎接风
去迎接世上所有的奥秘
然后把它们遗忘在身后
像安放一粒种子
把自己深埋在尘土里
耐心等到它结果,或者不结果
去迎接每一种赞美和轻视
像每一个未知的时辰
迎接完黑夜,又迎接黎明

火车列传

小时候，在外婆家的地坪上
看火车从田野上呼啸而过
我和表哥一边数车厢，一边
猜火车开往哪个神秘的地方

十九岁，第一次坐火车上大学
几个同行的小伙伴叽叽喳喳
一边指点窗外的江山
一边憧憬着远方的世界

现在，出差就睡卧铺
一上车就躺在狭窄的床上
火车像在运输担架上的病人
“轰隆轰隆”，全是骨折的声音

我把爱放错了地方

这些年，我把爱放错了地方
我爱着远方，以为它不会像
我现在居住的地方一样将我消耗
远方使我永不厌倦
我爱着陌生人，他们都有张礼貌的脸
仿佛永远不会彼此伤害

殊不知我现在居住的地方
就是我很久以前向往的远方
现在我熟悉的每一个人
也曾是带给我新鲜的陌生人
是我的爱太不安分，太容易跳跃

现在，远方已去不了太远
人也不想再认识多少。我把我的爱
收回来，像大海收回了浪潮
从阳台的那棵树开始，从母亲银针般的
唠叨开始，我将我的爱摆正位置

蒙晦

夜值

死珊瑚

这是死后的世界
海滩上到处是比基尼的肉身
影子在沙子上狂舞
分不出我们还是他们

这是死后的崭新的世界
海面漂满了假死的泳者
他们纷纷回到海滩
就像海神归来

全身都在滴水，几乎要融化
大海在他们身上垂死挣扎
他们接过女人递来的汽水
撬开瓶盖——这时

大量的气泡，那过时的呼救
从得到保质的人性中涌来

涌向肥大的舌头
然后他们换掉衣服

去吃烤肉。

当我们的语言大量受损，那巨大的虚空因语言的匮乏而来

在我们与我们过去的房子之间
有一棵松树
从当时的梦境里往外看
我们已开始四季的流浪
松针掉落的雨——

开门,敌意的邻居扭头斜睨着我们
门牌号已变得模糊不清
我们眼中的天空是一只失血的眼球
向黑夜敞开着
松针停雨的一刻——

在我们与我们的祖先之间
只有一匹石马跪在博物馆的过道里
嘶鸣,是一粒拧紧的螺丝
在讲解员腰间的扩音器里松开

雨后的无人——

我们与历史之间,站满了围观者
我们与笔之间不再是写作
潜存于墨水中的符号和图像
不再是梦境,在我与我之间是谁
一场失去地址的雨。

大百合

一朵百合就像一位天使将临
她知道自己的死亡
就在蓝色的玻璃瓶中，她切断的茎
支撑着宏大的纯洁号角
吹响但无声。
没有颤抖，连头也不转，一动不动
好像空气太过黏稠，围困着她
却对空间里发生的一切都毫不在乎
当她站在所有事物的中间
站在否定和混乱的弥漫处
垂怜她的芳菲
给那空荡荡的大厅和椅子，沉眠的墙壁
给摘来她的手，手的耳朵，耳朵的心灵。

夜值

夜色正不停地膨胀，
像一只气球
漂浮，在窗外，在人们的脖子上。

下班的皮鞋如潮水退去，带走了
呼救的气泡。
白昼终于裸露出来而不是消失。

大楼变空。我坐在办公桌的后面，
监视，记录，
制作档案。

在无人的走廊里
我巡游，打开手电，光柱
切开墙的横截面。

某种不肯死去的东西
试图通过我潜入夜的领域，
使我变成幽灵。

过年

你从外省回到小县城
是在十六年后的
每一个春节。

你父亲和母亲早已归来，
从十六年前
一座被辞退的灯具厂。

往与返，三十二年对折的镜子
是一个错误，简单如算术，
一边衰老，一边成长。

你母亲在镜中像年年一样洗碗，
你父亲在桌前摊开记事本，你
像一个孩子重新坐回了

角落的沙发。无话

可说的沉默
在复发，带来每年一次的隔阂。

童年是某种难以消失的东西，
像蟑螂在成人的卧室里生长。
睡吧，学会关灯。

让它们四处爬行。

我感到我并不是我

而是别的什么人，
过着别人的生活。

我的回答是答非所问。
我说着别人的话
证明自己的选择同样正确。

我的聪明和愚蠢是这样，
不幸也是。

所有活着的人和死去的人
混杂在一起，他们分成两派，
我的思想和行动
是某派力量居大的结果。

走在大街上

我感到我是南面和北面，
是没有方向的方向。

我站住，地球停转。

捡石头

——纪念曼德尔斯塔姆

十二月苏联的荒野上
一轮黑太阳供应着
遥远的核聚变，日冕在头顶喷发。

脑中的眩晕摇晃着脊椎
历史的柱子
倾斜，坠落的叶片，数不完的沙土……

田野有它自己的语言去谈论生命，
它劝慰着手指快发芽，
叫晶状体去融解海参崴的碎冰

结束一整年的寒意，步入春天的溪流
去冲洗新出土的骨殖——
鸟类啄食着它们所不认识的苦痛：

那些饥饿的肋骨，弯曲的颈骨
指骨写下浮出河面的词，
变成石头在滚动，回到了我们缩回的手。

无门

我们有无数的门：
走进旅馆门，菜市门，家门寺门城门，
走出，木门石门铁门，玻璃门。

它们，把一片平静的荒野分成不同的区域，
告诉门外应该如何进入这门。
世界，就这样建立起来。

人们在门后活着，千百年在门外过去了。
遗址上的大门已经倒塌，那没有倒掉的
是围住我们的墙壁

以及它挖空心思造门的野心和根基。

吴丹鸿

宵禁

保罗的春天

斧头开花，石头开花
炎热的古老的白花在开
秋千是从不搬运的
树下好多芳香的骨头
舌头开花
你吻过的眉心开花
“烫”，一个立刻在风中降温的词语
春天的眼睛在猫尾巴上
招摇着，是你的宠物
它擅用你的步子，使地板的缝隙也开花
一个呼吸清晰的
“爱”，立刻在吻中老去
我听见你听觉里的蝴蝶，全部飞起

房间

银河的一小片皮肤
在墙面微乎其微
灼烧，抚摸着消失，又重现

一束花在桌上的远方
获得一种眼神
并在四处埋下寂静的火种

我们推门而入，被她指引
不曾踢倒一根并不存在的蜡烛

却使灵魂失火无数次
白天只有一束花
在桌边喊着

使花瓶在着地的前一秒
自己破碎

赋格练习

想到一个地方
委顿就是委顿
没有人晃动金铜铃
让你起身时发现
已无法起身

久雪后大风
想在满地的光碎里
拼凑巨神像
是多么难

我全心想着音符
像一株暗处生长的植物
在风中
如同在水里
想在一段赋格中认出
巴赫和牛顿实为同一人

是多么难

想去一个地方
词语和它的反义
都侍奉同一种均衡
当沙丘比海浪更懂得了翻涌
我们也就互换了位置

朔风中已无果实
它们与撷下的力
总是相称的
我的双手也如此依循
不再去想
谁比谁更沉浸

在静候中
独舞者已经完全绽放过
我也松开了踏板
是什么力量不可遽止
使窗外仍如行舟

滑冰

话都说尽的时候，我们就做些命名的小游戏。
说一种强烈，但什么都不是的东西。
说一件只要不一致，就什么都不是的事情。
她猜不出来。我接着说，
它没有自己的名字，
它的名字是一串掺杂了比喻的形容词。
它什么都吃，它嚼玻璃的时候人们就叫它“嫉妒”。
但它不喜欢，一听到这个名字，
它就会扑咬自己的影子。
“它是毛绒绒的吗?”她期待地望着我。
“当然了。”我说，“可是，我们说好了，不能用形容词。”
它没有毛，但它确实是毛绒绒的，
它给人触觉是一种指缝之间的漫灌。
它的名字太多了，大多数听起来像彗星，
小部分听起来像流浪猫。
我们都是它的侍者。
我看得出，她的预感正逐渐堆积。

但她跳过了我的谜底，说：
是滑冰吧。
“三周半”是小猫的名字，“燕式”是彗星。
“阿克塞尔”是小猫的名字，“外点冰”是彗星。
还有，那不是扑咬自己的影子。
那是滑行，滑行，就要接近答案的时候，突然掉头。

宵禁

那个宵禁之后还在走路的人
因为醉酒，每一步都扶着墙
他的手，和他的影子
紧紧按在一起，走得那样慢
似乎连墙上弹孔都要被抚平
最后一次呕吐，剧烈得像
灵魂在呕吐，吐出的鱼骨，连着谎言和肉
就如所有被分娩的旧我一样模糊
当他滑倒在地，影子依旧高出围墙
隐去了向伟人敬礼的那一半
留下探照灯一般的长腿，在冥地坚守
防止死人的暴动，有时候，也期待他们
如果生命始终以它所承受的来衡量
卸下，是否就意味着惨败
或者说，像这样，摊开双手
像个已经被扫射过的士兵垂头而坐
是否就有一艘巨轮，从他腰间解缆
驶离黄金世界的港湾，千劫万复，不再回头

蔌弦

代小学同窗答故国亲友问

代小学同窗答故国亲友问

在移民中介的话术里挑拣愿景，
为小镇风物配上异域的滤镜：
碧海金沙，四室两厅，
落地窗外，空气近乎暴力的清新。
从今起，准时出门，到点下班，
去写字楼偷闲，在酒馆买醉。
大街上流动着多少俗套的好故事，
但私生活的枝蔓未必比后院更堪裁剪。
不如返身，将孤心搬进床榻，
等电话铃的呼救在卧室猛地响起，
但西海岸的朝云连着南中国的暮雨，
算一算时差，海鸥翻叫皆忙音。
或者驱车朝旷野撒气，天际线低垂
又走势颓靡，恍然惊醒，
远路依然远在大卫·霍克尼的调色盘里。
终于，所有牢骚都是极简的二进制，
所有艳遇都遵循紧凑的三一律，

仿佛世界当真褪去了杂质，
余生所念，只剩下基金与股票的涨跌。
看盘即是看山，参禅者如是说，
活到忘记了时间，才算将时间熬过。
而眼下，该如何买断所有往事，
也为了未知，从熊市中解套一场生活
——聪明的，你告诉我？

旧友见访于烤肉店对酌有感

七月流火，岁月流金，
来客也暗合情谊的节律性。
两年不见，你眉间疑云渐消，
发角肆意泼墨，长势尚好，
承袭了华南风物的湿润与繁茂。
而一盆炭，横置彼此间，
烘烤着你，辗转而至的倦脸，
衣襟下解冻的冰心片片。
从内蒙古折回的三两条羊肋，
从江苏截去的四五根鸡腿，
从安徽斩下的六七块猪脊，
自贵州削来的八九片牛舌，
在辨不清骨感、肉感的微醺间，
道不明快意、悔意的新生活。
人影欹斜，油烟密布仓皇，
餐盘纵横南北，木桌在晃。
你推杯暗换绵掌，添酒

回身蹬脱，模棱两可。
你持烤夹、操剪刀，对空调
高谈阔论，参破了僵局之妙。
非也，非也。服务生搭来援手，
劝解我：烹小鲜如治大国。
大国的体态嶙峋，细部
尤费咀嚼，而饥饿指导着实践，
恢复对于整全性的小拯救。
当你举起精准的双筷，像在说：
事已至此，何不涂抹酱料，
点缀孜然，权当最后的晚餐？

夏夜网上冲浪后急就

蝉鸣里别有夏季，百花齐放的
自媒体：冗长，聒噪，油腔滑调。
阵阵声浪与热浪，穿透帘幕的间隔，
压迫着空调下入定的半裸者。
（弹窗！）战报频传：七万吨大豆飞驰海上！
航道的疾速，弃置人心的高古，
财政的精明，瘙痒政治的神经。
自半面纱窗望出去，夜色更翠微了，
但逃不出寰球的炎与凉。
唯有乌鸦在咏叹，一次次将音值
压制到光滑的平面——秉持了风向，
它真是风神的信使吗？它风闻了谁的辩词？
室内，而后屋外，氛围笨重得出奇。
忽而一阵不安，一股斡旋之力，
南方的空气中足以拧出整盆洗面水。
不及辨认，雨雾就渗进来了，
阳台上，康乃馨仓皇地卷曲，直至遍体的褶皱，
像刚刚攥紧，就已然虚脱的拳头。

为仲夏微甜的夜色而作

从冰箱搬出，西瓜静静地冒汗，
大质量的甜，扭曲两股视线，
在它周围，纸团如卫星般旋转。
女友正沐浴，电视在空谈：
美元兑人民币突破 6.9 大关。
哦，夏天！更惊险的刻度是
可乐已攀升到二分之一根吸管！
我们因薯片的教唆，承受过
不合时宜的虚胖；为民生与综艺，
深陷皮革沙发松软的义体。
生活，需要点义无反顾的不经意，
譬如老式的空调虽温柔敦厚，
时而也呵斥着，吹送肃杀之气。
怎么办，从虚无中跃起，翻过
相连的旧书堆、脏衣谷与垃圾山？
阳台上，一根烟竟抽出事后的伤感。
但无需遗憾，像远处，热浪里，

速冻的危楼还拒绝融化，
仿佛真要戳破这温室，辨一辨真假。
而它冰凉的雪顶，螺旋到极致的甜，
正触及神的舌尖，潜台词是
撩人的夏夜啊，请再持续一整年。

世博园保利影城外坐按摩椅后戏作兼赠同行者

倒下去，倒进人形模具里，
商场的指法在暗中施力，
南国一夏，掺以几分湿气，
好将你抟成造化的原料：
放松，躺平，重新捏造。
五点钟，乘风跨江而来，
夹道夜景曾教诲：时不我待。
急就的晚餐如救急的剧本，
授予观影者活络的元神。
候场时，扮演过新婚夫妇，
散场后，竟显批评的气骨，
容不得剧中人纷纷走出，
涌入畸变的身体——我和你
内在的地理，恐怕对立又统一。
从腰椎到肩颈，背部的山脉
暗示着，南腔与北调可以互相发明，

毕竟我们共享了冒失的中国性。
一寸寸推进,一点点按压,
哈哈,戳中了笑穴吗?
嘴角飞溅的叹词在寻找表达。
须承认,机械的劲头有失分寸,
不如人治来得温情和精准,
刑具般抛出灵魂的拷问——
诤友啊,并非我们打小没正形,
考学兼讨薪,逼出浑身的骨科病!

张亚琼

如何度过漫长的等待

冬枝

冷峻着、沉默着、屹立着
不发一枝芽的消息
灰褐色里
沉睡一地碑文

来自西北的，嘶哑了喉咙
皴裂的旧、剥落
硬生生——
混着模糊和猩红的眼
（却遗忘了锈迹斑斑的舌头）

在凄迷的眼里的你的身后
开出大半个冬天的旷远
微弱的波和线条
蠢蠢欲动
从你的笔直中，
我看见佝偻的母亲的腰

黑色的枯萎，裹紧了涩
你依旧抿紧了唇
不发一枝芽的消息。

成熟

五千年 折叠隧道
亚当的肋骨偷渡太平洋
朝露背对大地，开始练习
饮水的姿态

她已经掌握结构的精妙
语言 剔除水和氧气
从物理学上升
成为一门永恒的艺术

清晨是一页宗教
她负责首先和最后一个醒来
扎紧金色的魅惑
然后伸出手——带上房门

我们开始学会欣赏

扭动的腰肢
一头扎进河岸的杨柳
习惯性口渴

旧事

我有一围巾的旧事要讲
吹灭所有的蜡烛
毛球迅速反应
流畅的小舌音从肩膀滑落

一切都准备就绪：
闪光灯、麦克风、打光板和
完美的情绪正襟危坐

颔首，追光者下

而我
该从哪里开始
流苏或者蓝色的方格子？
我想我需要一把木柴
和火，然后继续：

我有一围巾的旧事要讲
冗长而繁琐

无法播放——

断层

我试图了解
没有绿皮的绿皮火车
打火石与火花——
窃窃私语

你悄悄告诉濡湿的鬓角
裤管溅上泥土也是一种
表达：
　　果实使真理长眠
干瘪的种子
如何用手划开十字，吐出
簇新的语言

沉默，淅淅沥沥
一个世纪已经沧桑
举起右手，继续
踉踉跄跄

当天空重新蓄满

面向北方——

我种下一棵桑树

我赞美

我赞美——
把我挤进胡同、四合院的
一切力量。

神尝过涩果
所以，不再触碰
我感激，
人间还没有红透。

每当擂鼓、颤栗
可怖的美，湿淋淋
从坟墓里爬出
招呼着走向祭坛。

黑色总不纯粹
却能唱出哀婉的歌。
一触碰
语言就开始坠落。

观赏

红色拥挤透明，
黑色冗长，
波和清风上了锁。

我问：
想跳出来吗，过
没有水的生活
　　　一进入
就可以触摸了
眼睛跟着脚步声
转身，回头

前天他穿着白大褂
昨天她散开，束
一星期的马尾
今天她们仨，隔着
大半个太平洋，数

睫毛上的露珠
鱼问：

想跳出来吗，过
一种有水的生活

坑 吞噬雄鹰、苍穹和黄泉

鱼会做梦，人也会

信徒

上午九点
时间和胃告诉我
不能做梦

正午
太阳狂热地追求影子
高傲的伞伸长脖颈。紧紧
护着怀里的女儿

下午三点
窗外的鸟开始说话
椅子欣喜若狂
语言和文字
牢牢地钉在地上

二十四小时
切好的圣餐
排着队等人领走

生活

我从小就生活在水边
过桥——
如同过日子

每天早上都要穿袜子
又套上皮鞋、球鞋、帆布鞋
说：
　你了解我吧
（像饮水一样）

我没有锁
没有日记和圆宝盒
语言和收紧的小肚子一样
坦诚

八月份
降临，神性固定

黑夜以及背上的脚印
回忆没有记忆

我从小就生活在水边
过桥——
如同过日子

如何度过漫长的等待

如何度过漫长的等待
是一列火车
款款定义道路的尽头
他抬头，命令——
红色的女声开口讲话

修长的游客，从深蓝的
皮椅中支起鼻子——
这不是我惯常的食物
如何度过漫长的等待
陷落——

列车行驶，途经丹麦
如何度过漫长的等待
小女孩儿学习讲童话
双颊微红——

昏昏沉沉是乘车的姿态
为了更好地保持肩膀下滑
如何度过漫长的等待
左手边递来一枚白色的扣眼

框架

十六号到二十五号，
填上日期生产开始和结束。
准时而重复地在七点五十
抓起白色外套和修辞，
　　站立——

她说：
　　比我先来还是跟在我身后
　　都要默不作声，不是影子
　　喝不惯我手里的茶水。

十点，热水房无人出入
清洁工靠着柜门闭目养神
无人问津的饼和豆浆
时针在墙壁上打着冷颤

河，贴着仓库的额头

像平常一样平常的午后
还未曾有人申请：临窗而坐

从一扇门到另一扇门
空间自双手打开。踏出去——
踩到谁预言的石子？

小说
Novel

阴郁之乐

高爽

黄昏的表面曲张着一切可以趋向寂寥的事物：疏淡在天空的炊烟，流云，梨花从树上密集地掉落，像是撕碎的纸花在院落中徘徊，风起来了，风吹着浓浓的黄昏，能吹出细腻的波纹来。

李约的父亲和一个面庞模糊的男人蹲在梨树底下急促地商量着什么。那个男人穿着污垢斑驳的白大褂，肩膀上还挎着药箱。他的头发已经花白了，脑袋在黄昏里急躁地颤栗着，他的脑袋上似乎压迫着某种透明的重物，他不堪重负，但仍然让他的脖子倔强地挺直着。

李约见过这个男人几次，李约无法把他归类到中年还是老年，因为有些人是天生少白头的。李约也无法从他的长相上有所判断，因为他的脸非常的模糊，即便不是黄昏模糊了他的五官，即便是在艳阳高照下，李约都未必能看清他脸上的细节。不过也难说，李约还从未在空气清晰的条件下见过他呢。每当他来找李约的父亲时，都是在金色的黄昏。

李约的父亲好像特别期待他的到来，每到黄昏时，李约的父亲不管手头正在做什么，他都会毫不犹疑地丢掉，跑到屋檐下眺望着门前发白的小路。他的心神不宁体现在呼吸和眺望的眼神里。似乎他的目光里也能折射出一团团飞鸟的翅影在一片黄昏中徘徊。李约的父亲陶醉在目光的轻盈中，同时，又为目光里没有那个人的身影而忐忑不安。

在李约的父亲眺望的目光中，小路上涂抹着黄昏的晚霞，两边的蓟科植物扩张到路面上，被各种纷至沓来的脚步踩出的浓浓绿汁如今已经干结，让路面呈现出一片斑驳的肮脏，但是丝毫不影响路面延伸进旷野时的恬淡和肃穆。每当这个时候，李约都会随同他的父亲陶醉在这片曲张的寂静中，他们甚至能听到细微的流水声在他们耳朵中呻吟。

李约很奇怪他们的村子三公里以内是没有河流的，河流在田野的腹地日新月异着它的深浅，在春天的时候，河流则像燕子的叫声一样纤细。所以在村子里听到河流的声音基本上是不可能的。没有一个人的耳朵从河边走进村子还蓄满河流的声音，声音的碎片半路上掉下来已经被尘土吸走了。

但是李约真真切切听到了河流的声音，似乎这种鲜活的流水声已经掌握了某种空间的秘密，从空间的某条罅隙中曲折而来，在他们的耳朵里精微地流泻着。此时，李约能清晰地看到父亲眺望的眼神中多了一些复杂的东西，亢奋和恐惧就像流水中飞鸟的翅影一样颤动。

父亲在期待些什么呢？李约看着父亲倔强的在黄昏中挺直的身体有些苍衰的迹象了，李约可以肯定这种苍衰是从他的父亲和那个人的第一次交谈开始的。那时梨树的枝头开出了第一批白嫩的花朵，就像零碎的星辰寄生在上面，淡淡的在新鲜的夜色中颤栗。

临走时，那个人耸着身体，折了一枝梨花，非常陶醉地嗅闻上面流动的香味，他把头都埋上去了，那种动物的贪婪为他的身躯注入了神奇的活力，他突然昂起头，说了一句“恼人的梨花啊”，就把枝条丢在脚下了，他用皮鞋的后跟狠狠地碾踩梨花，踩得稀烂。接着他就头也不回大步流星地走了，他晃着肩膀莽撞地撞开街门，口中喃喃自语着往夜晚的尽头走去。他给人留下的印象是如此深刻，也只有这唯一的一次，李约好像隐隐约约看到了他模糊的五官上露出的悲伤、厌倦和狰狞发酵出的复杂神情。

李约相信，他的父亲也看到了，否则他不会称其为：福音的携带者，人类心灵的净化使者……而那人对这样的褒奖也受之坦然，或者说，他根本就不在乎李约的父亲给他的各种滑稽的，抑或别具深意的头衔。这种处心积虑的措辞毋宁说是李约的父亲在词语的漩涡里一次身心俱醉的畅游罢了。

每当那人走后，李约的父亲就在院落中焦躁地走来走去，还冲着夜晚的黑洞大吼大叫，骂那人是病毒，是在命运的既定秩序里搞破坏的坏分子。

在他古怪的骂声中，一开始像蜘蛛网一样的夜晚浓厚起来，浓厚到纯粹时，夜色便像辽阔的森林一样深沉，一阵阵冰凉的夜气裹着清凉的星辰不倾自泻，隐秘的窸窣之声没有源头地骚动着，李约可以看到屋脊上有些闪闪烁烁的影子在飘荡，在他的目光里兴奋地膨胀着，也许是野猫，黄鼠狼，那种夜行动物的轻捷激起一片黑暗的激情。

李约的父亲的谩骂通常会持续很长时间，直到把自己消耗到气喘吁吁才罢休。到了深夜，睡梦中的李约的父亲被恐惧的毛毯紧实地捂住，他的身体不停地扭动，挣扎，蜷成一团，从喉咙里突围的呻吟充斥着风的味道。

李约出神地伏在父亲的床榻前，看着父亲脸上的每条肌肉空虚、无用地颤动着。他在想，父亲的梦境到底是什么样子呢，又会扩张到哪里？要知道，李约自己的梦境总是很稀薄的，他羡慕那种没有节制的纷乱。

第二天早上起来，父亲精神矍铄，丝毫没有因为梦境里的跋涉而疲惫不堪。李约从窗口看到，风的突发性骚动把粉嫩的梨花都吹落在地上了，父亲整个人都沐浴在甜香之中，他从偏房里搬出废置已久的蜂箱放在梨树下，他相信，不久后，蜜蜂就会蜂拥而来，这浑身缠绕着华饰的昆虫有着昂贵的音质，将在梨树下嗡嗡整个春天。

在黄昏到来之前，父亲都会忙碌个不停，在李约的眼里，他就是春天里一条耀眼的涡流，在院落中银光闪闪地旋转，父亲从来不跟自己多说些什么。

直到有一天父亲蹲在一块碾盘前，兀自痴迷地喃喃着石头是什么时间之卵，李约才捕捉到了些许信息。父亲的喃喃自语让李约惊讶极了，他的父亲如今不但脱胎换骨了，似乎也总是在日新月异之中。是不是可以这样理解，在平原的村子里，什么都是易朽的，草木，房子，人，河流，只有这些从山区运来的石头，它们和时间似乎有着相同的质地，是时间的卵。

李约兴奋极了，他觉得自己似乎理解了父亲梦境内部的一些柔软的秘密。他满怀期待地把这一解释说给父亲听。父亲的脸呆滞了一下，若无其事地说：

“这些长寿的石头怎么可能是时间之卵呢，你怎么还是这么浮躁！”

说完父亲就气呼呼地往鸡埘走去，他的手在鸡埘里一通搅和，一只下蛋的老母鸡就咯咯叫着惊飞起来，父亲面色潮红地追着母鸡跑，似乎他在这场追逐中获得极大的乐趣。李约看到，鸡埘下是一片凌乱的羽毛，还有一些暗淡的血迹，像是被黄鼠狼袭击过，但是老母鸡完好无损，血迹和羽毛是哪里来的呢，李约恍惚地觉得每天晚上也许除了父亲，老母鸡也在梦境中奋力搏斗，而作为战利品，这些血迹和羽毛是老母鸡深夜搏命的证明。

李约一直以为他们的院子是被时间遗忘的角落，空洞、麻木、了无生趣，没想到现在处处充满了玄机，这一切都可以溯源于那个人的出现吗？

像他的父亲一样，一到黄昏，李约突然就心神不宁起来，新的一批梨花再次繁绕枝头，情欲盎然，黄昏操纵的空间像任意的思绪般飘飞着燕子，夕阳的金晖均匀地弥漫开来，并且持续壮大，让辽阔的田野悄然掠动着绿色的战栗。

那个人果然如期而至了。虽然他的脸庞模糊，但是李约仍然能感觉到他的脸上紧绷着的表情，在蜂蜜色的黄昏中，隐隐地浮现，乍一看像是正常流动的空气突然膨胀出一块，任由黄昏捏造出他严肃、紧张、荒唐的五官。

他的全身也似乎都处在紧张中，不是因为跋涉带来的，而是仿佛脉管里的血液在加速取悦自己，他的肢体因此也被这欢愉吞噬，显得怪异和紧绷。这次他的白大褂更破旧了，胸口的部分还被撕扯成了条状，他的胸骨根根露出来，完全是一副粗野的流浪汉的样子。他身上有一股刺眼的馊味，就好像他整个人就是一片被禁锢的沼泽。

但是他满不在乎，他还不时地用肩膀蹭李约的父亲，李约搞不清是因为语言的交锋让他手舞足蹈呢，还是两个人从世俗生活的正常序列中拔身而出后那种相依为命的感觉让他情不自禁，总之，李约的父亲是非常享受这种亲昵的，他的表情每每掠过痉挛般的快乐。

暮色越来越深重了，从闪光的斑点般飘落的梨花中，那人有意无意地冲李约看过来。李约拿不准他对自己的偷窥持什么态度，他的表情太模糊了，像是他脸上堆积着人们能够表现出来的所有剧烈表情的剩余，有一种阴沉的凝滞逐渐扩张。

李约不知道那个人的所谓看，是否带有主观的判断。因为李约总觉得他的看是无意识的，他是在内视，自己的存在并未影响到他，他与父亲交流时所使用的语言也早已游离于他本人之外了。

反倒是李约的父亲时不时地冲着他举起恐吓的拳头，要他滚蛋，但又因为不舍得终止和那个人的聊天，所以也就只能悻悻地任由李约在一边旁听。

从他们高高低低的声音中李约提取了一些关键词："……星光……时间之卵……阴暗的春天……"

虽然李约听得一头雾水，但是他因为这些关键词里蕴含着的硝烟弥漫的危险性而振奋。

他似乎就此参透了这个春天深刻的本质，春天的黄昏远没有夏季那么绚烂，春天娇嫩的绿意在黄昏模糊成了一片稀薄的烟雾，在房顶上、院落中徘徊、凝滞，或者被风驱逐到居无定所。但是在春天的深处，一种宏大的事业正在显形：

黄昏的反光融入天国的景色，折射出一团团浪漫的漩涡，就此揭示出一片柔软的夜空；夜空中的星星以令人难以理解的图案扩张着，乍一看像是天空华丽古老的日历，每天都会翻动崭新的一页。

这个春天星空浩瀚的本质让人遐想,说星光是时间之卵才更为贴切吧,时间有着透明、质朴的特质,和星辰有着某种神秘的血缘关系正是恰如其分。

而骄傲、孤独的人类对缀满苍穹的灿烂繁星的各种命名所依据的智慧和想象皆起源于人们需要一种基于自我存在的掌控感,他们对太空、对未来,乃至对神秘事物的认识更多的是基于这种跳脱的冥想。

李约激动地醒悟到,从父亲和那个人的话语中,冥想的叶片上正滚动着圆润、清白的星光,冰冷刺骨或悲伤莫名,多么像一场棘手的决斗时从身上流泻下来的快感之光,这种感官或情感上的反应正是世代隐秘相传的更加深刻、高级的文明所发酵出来的特殊体验啊。

李约沉浸在这种狂野的遐想所带来的眩晕与迷离中,他的这个姿态深深吸引了他的父亲和那个人,他们停下了争执,不无嫉妒地看向依靠在碾盘上的李约,他放纵于遐想,没有记忆的负担,一身轻快,任灵感使自身焕然一新,即便老母鸡上前啄他的脚,他也浑然不觉,他似乎与遐想中年轻、新鲜的幻影完美融合,浑身散发着一种富有弹性的圣洁。

这种遐想到出神的体验,他们年轻的时候也这么干过啊,并不是每个人都有这样的经历,也并不是每个人都能有幸目睹这种被遐想吞噬的怪异的脸庞。

遐想中的李约皮肤上泛出细密的汗珠,那种幸福和羞怯的微笑似乎藏在每一颗汗珠里,霞光折射在里面,透出寂静的裂缝。他们不知道,李约的这种蜕变实际上是因为他们的启发,所以他们的各种揣测都无法深入其实质，探入其核心，只能惊羡他的天赋异禀，他一定是触摸到了他们所企及不到的伟大事业的弧光，那种千丝万缕地与奇迹、幸福和刺激相关的生活，有着不可揣摩的内部机制。

此时，四月的梨花像回声一样一圈圈扩散着甜香，融化燕子翅膀的黄昏有着重重暗示让他们从心底呼喊：让我也渗透进他遐想中的光明之旅！

他们从心底冲激出来的热烈的呼声让他们皮肤发红，眼神坚定，他们要抛开以前的纸上谈兵，失败、琐屑的过往。与李约相比，他们之前的故作神秘只是虚张声势罢了，他们日复一日地蹲在梨树底下，不会有什么明显的成果，他们需要走出去，去正视那个浮满欢愉灰烬的黄昏。

他们扭身走去的脚步声摩擦着李约的耳朵。李约回过神来，李约看着他们亲密地往街门走去的背影，那个人把药箱都丢弃在梨树下了，这种身外之物之前他看得那么重，现在是摒弃的时候了！药箱上还有他暴烈的脚印以示他和过去决裂的决心。

两个人走得生龙活虎，似乎目的地就是那个让李约心潮澎湃的净化之地。

李约的胸膛里突然涌出一股勇气：跟上去！

黄昏已近尾声，晚霞挂在屋檐上，就像宴会散尽后主人疲惫的目光里还残留着的那点喜悦，有点湿润，有点儿沉重，鸟雀黑黑的，像是被吹上天空的烟囱里的余烬，缥缈地飞来飞去。

李约跑步上前，父亲看了他一眼，他能听到父亲嘴里的剐擦声，但也并未实质性地去拒绝他的追随。也许是因为那个人的关系，那个人用他的沉默牛轭般套在父亲拒绝的目光上。

李约放心了，他知道那个人能降服得住父亲，这种制衡性的场面会让他们的旅程畅行无阻。于是他同样用眼神涂写着对那个人的感激。

在昏暗的路面上，他们的脚步声一圈圈地扩散着，但是没有一个人说话，似乎语言在这趟旅程中被废黜了。更多的是模糊的向往在引导着他们。

就该是这样！对目的地的含糊其词最能体现它的吸引力，他们走出村庄，低垂的云层里包裹着一颗稀薄的月亮，这永恒的花朵迫在眉睫。

太奇妙了。好像仅仅是一转身，他们就脱离了世俗的沼泽，仅仅是一抬脚，就踩上了混沌初开的绿茵，这展露出来的一角天地塑造着对乏味的村庄来说多么奢侈的体验。

李约用沉思默想来体验当下的现实，接着他就发现自己来到了一片地势起伏的原野。这里光秃秃的，似乎是笼罩在命运的阴影里寸草不生。

他从未来过这里，这里空气稀薄，并无人迹，这或许体验了命运的自信，命运不需要道具来执行它的意志，不需要飞鸟、田野、植物这些老套重复的道具，他依然能嗅到芬芳。

李约兴奋极了，这片被神秘打开的虚空，让他辨认出了某种生活的甜蜜：我们一向喜欢的、歌颂的都是能被人类驾驭的自然，所谓自然的质朴的诗意，都是人们开辟、涉足、驯化的诗意；对于野性的，人类把握不住的自然，我们虽然也会有一些诗意，但也仅仅是体现在想象中，我们习惯了让想象的痉挛来提振尘世的欢愉。

可如今，他就置身于这种野性自然的苦涩和欢乐中！

一个即将到来的春夜敞开的奇迹。

几乎同时，他又能听到前面有一股浑厚圆润的音乐扩散而来，燃烧着空气。他抬头看去，天空上还有一层积雪尚待融化，那是第一批刚上来的星星，它们作为春夜的哨兵将把李约引向美妙的歧途。

李约的父亲和那人正撅着屁股挖掘着干涸的地面，像是能从中挖出泉水。汗水从父亲的额头上横流而下，他的指甲已抠得鲜血淋漓，他越来越兴奋，好像在他们的挖掘中未来的宿命正在逐渐成型。

李约因此也跃跃欲试，被深入挖掘的坑底似乎潜藏着记忆之泉，那种汩汩的新奇的流水声充满着情欲般的诱惑。

李约上前攀住那人的肩膀，李约想告诉他自己也要加入进来。

谁知李约的父亲瞅准机会，顺势往那个人的膝弯处踹了一脚，他那团模糊的身体便滚落进去了！虽然不是故意的，但是客观上，李约充当了父亲实施阴谋的道具！

因为计谋得逞，父亲撑着膝盖极其诡谲地狂笑不止，他的狂笑声里有着一团呛人的烟雾似的，他自己也因此咳嗽不停。

李约愤恨地瞪了他一眼，但是又对父亲的手段有着本能的畏惧，他只好趴在坑沿上去看那个人的情况，在坑底，一团黑影正捂着肚子呻吟，李约注意到，他腹部的白色大褂上洇出一团血渍。

可他说出来的词语的间隙里却透着愉悦的纤维在李约的耳中搔弄：我躺在这里很舒服！母亲的子宫啊，你们休想让我挪开一寸地方！

李约站起身，从远处卷来的夜色和煦地在周围漫开，作为轮廓线的是斑斑点点的梨花飘荡着。这片被梨花燃烧着的夜色强烈而集中地沉重旋转，树木光秃秃的黑暗的轮廓会随时消失。

李约领会到，一定要做点什么才能探寻到生命的图景最神秘的部分。

李约踩着干燥的泥土往前走，他富有弹性的步子在天空下闪着微光，路变陡了，更高处的黄昏，满是富饶的晚风；他吹着风，吹得昏昏沉沉，摇摇欲坠，似乎这里又处在另一个气候带了。只有鸟儿的叫声才能唤醒一点儿路程的广阔，否则李约觉得他正在走进逼仄。

月亮也透薄地出现在面前的堤岸上，像一枚冰片。李约伸手去捏，一捏就碎了，捏碎月亮的手指沾着沙粒。

这时，一阵风吹迷了他的眼睛，他再次睁开时，风为他打开了更鲜亮的视野：一条被风扩展出绿色弧线的路面，路面上落着绿莹莹的鸟儿，他的脚步踩起的薄薄的尘土都能把它们给托起来。

于是李约快活地奔跑起来，路面柔软，像春天的河流一般，薄薄的水气是月光萌生的菌丝，在半空增生、浮动，绿莹莹的鸟儿也擦过他的目光，留下的擦痕就像飞蚊症一样在他眼前愉悦地跳动。

李约因此迷醉于这随心所欲的奔跑，似乎路面会随着他的意志而调整方向。当他满嘴渴意时，一条河也出现了。

李约抢步上前，任河水纾解他的渴意。同时，他从水波中看到，自己有着父亲般五官的轮廓也开始模糊了，也许是他们的脸在彼此互相消解。

接着他就看到他的父亲和那个人，他们在不远处，和透明的人影在无声地交谈。父亲的眼神羞怯而热烈，时不时瞥过来时，却有着深渊的吸力在坦白他知道某种真相。但是李约已经不需要这种真相来点缀他的旅程了。

更让李约吃惊的是，他也能清晰地看到那个人的脸了，他阴沉的脸上像是刺目的风暴般扭曲着狂暴的表情，他的确是个老头，但是他充沛的精力让他整个人突破了时间的限制、生命的密码所带来的宿命的负担，他苍衰的身体里也少见地暴露出欲望的萌芽。

李约有种错觉，他的父亲和老头与他们交流的对象似乎也融为一体了，他们语言的交流只是词语的自我繁殖，并不指向他们被忧伤的风暴席卷的内心世界。

这时，李约才明白，并非他单一地从他们身上汲取，他们互为镜像，彼此成长。

李约的目光因此也更为纯粹了。这片敞开的风景，没有一点褶皱地铺展着。黄昏尚待被夜晚收割，似乎所有自然的元素都被染上一层透明的金黄，日常的周而复始在这里被风洗磨得非常精细。

河滩上的那些灌木丛，一片明亮的深绿，叶子上迷醉着毛茸茸的条纹，不远处的河流宽阔平静，回声里却透着昏暗的静谧；那些细小的不规则的卵石也被风洗出独立于时间之外的异彩，像藏着星辰的昏暗的淤泥里则是数不胜数的河蚌，它们微微张开，晚霞射进去，蚌肉就像谜一般无声的花萼。

太壮观了，这片早春十分罕见的异象的结晶，环绕着他。这是另一层现实，李约似乎理解了，这个世界上的现实是多重的，就像花萼一样是一层层的。李约不由自主摒弃了日常所感，他所有的感官都处于一种初生的干渴中，或者说他处在灵泊般的现实中。那些柳树的嫩叶，散发出一股尖锐的苦涩味，混同微风，灌溉、充实他的感官。

李约在模糊的光线里，蓦然觉得周遭的静谧温凉恍惚，他四顾逡巡，找不到父亲和那个人的身影了，他们刚才还是河滩上最深邃热情的发光点，如今走失于微醺般的昏暗中。

那些从春天的枝头飞离的花絮在天空飘荡，李约觉得自己身体轻盈，蜷缩如卷云，他的耳朵里舒缓着一群群燕子的啁啾，绿松石一般清亮。

就此，李约认准了自己是虚无之梦具化的形态，他的心脏就裸露在星空不平静的枝叶间悄悄跳动。

他抬起脚找他的父亲，他踩上了一片痉挛的水波，他惊讶地发现自己不在河滩上了，他脚下是春天的星星，疯狂又慷慨地遍洒着光辉，远处被黑暗填满，像燕子连绵起来的翅膀腾跃于时间之上。

在这有限的空间里，他突然听到一些细碎的声音如同微风拂过，具体可感。他懂了，只有拉开距离才能听清一些最重要的东西啊，甚至他的眼睛也能看到幻象的颗粒，沉淀出春天的虹膜所必备的元素。

在这无边的魅惑里，他努力保持鲜活和警醒，于是他就如愿以偿地看到了走失的父亲像皮影一样被风从水面揭起，怪不得他刚才没发现呢，父亲的步履不再被理智纠扰，对于我们沉重的人类来说，他是多么轻盈啊。

李约怀揣着激动，摆动了一下双腿，当即就荡到了父亲身边。那些尖锐的欲望曾经在父亲身上非常突兀，构成动物般的纯粹享受，现在却是微醺般的和生命的苦涩以完美的比例构成了柔和的矛盾。

父亲才是那个能够聆听身体之光的智者呢。

好像是对他开悟的奖赏，父亲朝他模糊地笑了笑，那种微妙的神秘里潜藏着原始的恐惧。不过有什么大不了的呢，每个人不总有一天都会经历这种蜕变吗？

这春夜的环形山真是充满了活力呀。

父亲和他并肩而行，夜色四合，暗沉的水流像是黑暗扑扇着的巨大的翅膀，一股股水汽吹送过来。他们原本游移不定的步伐，很快和河滩处于同一平面了，于是他们踩到了沙粒，河蚌，甚至像静电般倏然闪过的臭鼬，当脚下踩到老头的身体时，他们也毫不犹豫地踩下去了，是那种粗糙突兀的骨感让李约清晰地判断出老头的存在。但对这种几近恶作剧的践踏，老头不以为意，他只是翻了个身，就漫不经心地睡过去了；他蜷缩着，像一朵新鲜的刨花一样，他苍白无光的脸上弥漫着迷醉的神情，多么让人羡慕啊。他准备得如此充分，连他的呼噜声里都有一些微妙的光芒使他不致迷失自己。

李约的父亲见状也忍不住跟着躺下来了。他舒服地呼出一口气，就转而用肩膀不停地蹭老头，还凑近了老头的下巴冷不丁揪扯他的胡子，待老头的脑袋跟着扯离了地面，一松手，脑袋就硬生生砸了回去，老头疼得忍不住恶骂他。他就抱着胳膊，嘶哑地大笑着，表情里裸露出荒唐的满足感。老头气不过，上去扑打，于是他们就像两只糟糕的家禽一样缠打起来，发出阵阵炽热的尖叫声。

李约转身往堤岸上走，堤岸像夜晚的绳索一样绷直了，所以他走得平滑、轻快，他平生第一次觉得自己的身体贪婪而鲜活，已经闻得见春天愈加浓厚的芬芳了，那落在指缝里的星辰，就是不朽的朝露。李约身后的路面被风一吹，也都自行消退了，借着天空复杂的反光，他毅然往春夜的凹陷处走去，那里有他们的院落，通过栅栏就能看清的梨树上，弥漫着的梨花有着晨光般娇嫩的光芒。

批评

Criticism

“新诗与中国现代文化的方向”座谈会纪要

参与人：吴晓东、张桃洲、钱文亮、冷霜、子非花、王东东、夏汉

时　间：2019 年 12 月 6 日

地　点：郑州拾壹月诗社

夏汉： 第一期“拾壹月论坛”经过会务组的准备，准时举行了。首先，介绍一下今天到会的嘉宾。北京大学教授、博士生导师吴晓东；首都师范大学教授、博士生导师张桃洲；上海大学教授、博士生导师钱文亮；中央民族大学教授冷霜；河南师范大学副教授、华语诗歌研究中心（学术事务）执行主任、吴晓东教授的学生王东东。这期论坛按照漫谈的形式进行。由于各位教授都做了充分的准备，也都是理论家，所以对于本期拟定——“新诗与中国现代文化的方向”这个主题，相信都会谈得非常到位。所以我们消弭形式，采取漫谈的形式，以期引出更多的话题。论坛开始之前，由论坛创始人、诗人子非花介绍拾壹月诗社的几位同仁。

子非花： 今天参加论坛的有拾壹月诗社副社长刘雁如、副社

长李延平(笔名见鱼),他们二位是我大学同窗,跟我一样,20多年没有动笔,自从我前几年开始写了第一首诗,大家纷纷赞许与鼓励,我们又一起创办了诗社,时隔20多年,重新点燃了对诗歌的激情;这位女士是诗社副社长陈平,还有拾壹月诗社秘书长李杰。

几个月前,90后诗人牛冲送给我一本夏汉老师的评论集《语象的狂欢》,读后,被深深地吸引,里面的文章写得非常好,我下决心一定要见到夏汉老师,前前后后说了三次,于是在11月10日下午,牛冲约我们在中原区的捷农咖啡见面,从下午4点一直聊到晚上11点,一见如故,聊得非常愉快。最后,夏汉老师提出来,我们可以做点事情,比如做一个小型的高端论坛,每季度一期,邀请国内批评家或著名诗人三五人,围绕一个主题去讨论,既为我们自己的提升带来一个助力,也为中国的诗歌做出一点点贡献。第二天我们就拟定,在12月6日(阴历11月11日,跟诗社名字正好契合)举办。经过会务组一系列紧张的准备工作,包括与王东东博士一起拟定本期主题,才有了今天各位国内一流的批评家聚在一起的契机。

拾壹月论坛的起意是代表着一个残缺的圆满,表达一种未尽之意,接近尾声而又未到,且有一种荒芜与残缺之美。相对于诗这种未至圆满的艺术是一个隐喻性的期待,也意味着是对诗歌理论及写作实践的渐趋圆满的努力。

夏汉:刚才,子非花兄谈到论坛的源起。我们都是因为诗歌聚在一起。现在的诗坛很乱,功利与势利这些因素掺杂在诗歌里,导致很多诗歌活动花很多钱而没有达到真正的效果,只是满足了虚荣心。我们要做就要做一个有品位的、纯粹的论坛，所以就跟东东一起考虑主题：新诗与中国现代文化的方向。刚开始是东东考虑出来的话题，落脚于建设。而后，子非花兄我们再商议，他说不如强调现代文化的方向，我和东东都觉得这样一改，反而更容易进入，更具体化了，是一个很恰当的话题。确定主题之后，就向各位发出了邀请。今天四位教授能过来就表明这期论坛已经成功了，我们感到很欣慰。现在，有请吴晓东教授首先开启这个话题。

吴晓东：首先表达祝贺之情，祝贺拾壹月论坛的成功举办。作为拾壹月论坛的创始人，夏汉老师以及子非花先生在某种意义上是战略家，充分践行了诗在民间的理念。他们创建的拾壹月论坛有战略眼光，而作为拾壹月论坛举办的第一个论坛，题目也设计得非常好，借新诗来思考现代文化的方向，真的是一个非常好的构想。我觉得目前诗歌的现状需要迫切思考所谓的诗歌方向的问题。而借新诗来思考现代诗歌方向所蕴含着一个内在的维度，是新诗领域能够激发出什么样的独属于诗歌的战略构想，或者说新诗领域生成的文化战略构想与其他文学艺术乃至文化领域又有什么样的不同？这是本次论坛所要回答的问题。

可以说，诗歌是一切人类文化领域中感觉最精微，审美最细腻的构成领域，但也同样可以勾连所谓的文化叙事，勾连整体性的文化构想，我看过大家就本次论坛提交的发言题目，从各个题目就可以看出文化构想的宏阔性，所以我对这次论坛也充满了期待。

而试图借助于诗歌思考现代文化方向的前提之一，是首先要思考诗歌自身的发展方向，按照夏汉老师的说法，我们现在的诗坛现状是乱的，文亮教授昨天在圆桌会议上也提到，当今的诗歌需要重建秩序。这是一个需要重建秩序和方向的时代，而诗歌秩序的建立其实也是文化秩序重建的一个前提。拾壹月论坛正是力图从民间的立场出发，展示出立足民间重建方向感的努力。而诗歌文化是文化总体的灵魂之所维系，诗歌构成的是文化的灵魂或者说诗心，诗歌有了方向感，中国文化可能就有了衡量灵魂的准绳。

因此从诗歌的方向去矫正文化的方向，是一种宏阔的战略构想。这使我联想起现代诗论家朱自清，尤其是20世纪40年代战争时期的朱自清，更是表现出史家的诗学远见与文化卓识。我认为朱自清先生在现代诗论史上是被低估了的诗论家。他的诗论不仅仅对现代诗歌发展史有深刻的影响，同时也关注现代文化发展方向乃至现代中国的政治远景，是现代诗人中最有大局观和历史观的理论家。当然，朱自清写于30年代的《中国新文学大系·诗集导言》已经被文学史研究者充分重视，是新诗史上最重要的经典文献之一，奠定了现代诗歌史的一种评价范式，是里程碑式的总结。但到了40年代，朱自清的诗论可以说更贴近时代现实，既有历史感，又有前瞻性，同时有鲜明的文化意识和政治觉悟，即使从诗学理论的内部发展线索来考量，比起袁可嘉代表的年轻一代人的现代主义诗论，朱自清的诗学判断也更稳健，更有大局观。可以说，尽管朱自清以“杂话”命名自己的诗论集，表现出的是一如既往的谦逊与低调，但《新诗杂话》依然蕴含有一种集大成的总体性，也有某种典范意义，渗透了对现代文化发展方向的思考，对抗战建国、诗学与民主等话题也多有涉猎。而朱自清对“现代史诗”以及“诗与建国”之关系的思考，更是显示出一个史家的政治远见。比如朱自清收在《新诗杂话》中的《诗与建国》，是一篇在今天读来仍不失重要性的诗学文献，借助于介绍金赫罗发表于 1929 年的题为《现代史诗—— 一个悬想》一文，讨论现代史诗的可能性限度以及与抗战建国的关联性。朱自清追问的是：为什么在现代史诗会消亡？因为史诗歌颂的对象是英雄，而现在已经不是英雄时代。“我们已经渐渐不注重个人英雄而注重群体了。”朱自清赞同的是“现代的英雄是制度而不是人”的说法。在朱自清看来，“足供史诗歌咏的，是还未成就，还在生长的群体——制度”。可以说，在朱自清所身处的时代，“制度”还是作为现代性的正面因素出现的，朱自清借此呼唤“现代史诗”的对象性，呼唤重建史诗叙述的主体性。如果说荷马时代的史诗吟诵的对象是个体英雄，朱自清的时代则是群体和制度，背后指向的是思考抗战时期群体力量的可能性，同时也思考的是新的国家以及民族的制度建设的可能性问题。朱自清称杜运燮的《滇缅公路》是抗战时期“现代史诗”的最初努力。或许正是从“歌咏群体英雄”以及“生长的群体——制度”的意义上把《滇缅公路》看成是现代史诗的。

中国 40 年代诗人们一个自觉的诗艺目标是对历史、现实和文化远景的全景式和整体性的把握，追求的是在文本中实现艾略特的《荒原》所达到的艺术成就，也就是创造一种“在人类想象中综合全部现代经验的诗的形式”。而以朱自清为代表的诗论家们则在理论的高度提供了支持，并在全球性的战争背景下进一步思索诸如人性、历史、文明等重大的人类课题，呼唤与抗战建国的文化理想和政治远景相一致的史诗意识，而诗坛长诗及史诗的出现也正顺应了一个风云变幻的大时代的来临，并把朱自清等诗论家的理论实践化为文本实践。所以朱自清的40年代的诗论表现出一种史家的历史视野和大局观，也在一定意义上蕴含了中国新诗的现代化图景和现代文化的历史前景。从朱自清这样的一个诗歌战略家的历史实践出发，勾勒一下诗歌研究者如何在大时代把诗学问题和宏大的文化政治问题组合在一起，从而构建出一个整体性的文化事业，甚至是政治想象，或许对于我们讨论的问题有启迪意义。

张桃洲：刚才夏汉兄对拾壹月诗社的解释，讲到明伟兄将诗社取名"拾壹月"，代表了一种未完成、不圆满，意味着某种程度的残缺，这让我立刻想到了新诗。实际上，新诗这一百年来也一直处于未完成、不圆满的状态，处在一种发展的过程中，新诗从一开始到今天总被认为是没有"成型"的，因此在新诗的特质和"拾壹月"的寓意之间恰好有一种契合。

我们今天讨论的话题是"新诗与现代文化的方向"，说实话，我最初看到这个题目的时候，第一感觉就是这个题目有点大，可能在论题上比较泛，不知道该怎么谈，所以当时治娟说要报一个发言标题，我就有点茫然，一时没有想出一个合适的发言标题。但是后来又想了一下，觉得在这个看似很大的题目之下，还是有一些话题可以谈的。那我就随便说几点，完全没有准备和思路，大概也形不成连贯的逻辑。

刚才我谈到，在"拾壹月"与新诗特质之间有一个共同点就是都暗含了一种未完成性，这种未完成性也可以说是它们共有的一种生长性。这种生长性实际上可被看作新诗诞生之初的一个基础，或者说是它的属性。胡适在谈到“尝试”“白话诗”的动机时说：我们要进行文学变革，诗歌是一道最难攻克的壁垒，所以他在诗歌方面下了很大的力气。五四新文化运动发起之际，新旧文化之间对峙，诗歌革新受到的阻力最大，它实际上充当了一个十分微妙的检验装置，似乎把诗歌这块阵地拿下以后新文化就算成功了。从这一点来看，新诗既是文化反叛、变革的产物，也构成了现代文化不可或缺的一部分，它直接参与了那场新文化运动，并在后来的历史发展中与社会文化保持着较为密切的联系，甚至一度引领了文化的方向。

刚才晓东兄提到了，诗歌，从总体上说应该是所有文化因素里最先锋、最敏感的一部分，我很赞同这个看法。具体到新诗，从百年新诗的历史来看也是这样，一方面新诗自身就形成了一种独特的文化、生发出了多样的文化景观，另一方面它也是整个社会文化的重要参与者。稍微梳理一下不难发现，在五四时期及后来三四十年代的革命时代、战争年代，新诗是极为活跃的，它的的确确成了时代的感应器，能够对社会生活作出迅捷的反应……这样一路下来直到当代的某个阶段仍然如此。特别在80年代，那是一个文化激荡的年代，诗歌置身其中好似文化大河里的弄潮儿，它几乎充当了文化英雄的角色，可以说它处在社会文化非常核心的一个位置，它充满活力，具有很强的辐射力，与其他社会文化因素保持着密切的互动关系，它有一种带动社会文化、带动历史潮流向前走的冲击力和感召力。这样一种情势下涌现出的一些诗歌现象和诗人个体，也变成了一种文化，比如朦胧诗、女性诗歌、昌耀、海子，等等。80年代诗歌，也许有其简单、粗糙甚至幼稚的一面，但它提供了一种鲜活的、充满生机的诗歌

(同时也是文化)景观。这种生机缘于诗歌与社会文化的某种张力关系,即一种“你中有我、我中有你”的胶着状态;诗歌能够参与到社会文化之中,把里面的其他因素带动起来。当然我们知道,80 年代之后的相当长一段时间里,诗歌已经不具有这样的巨大能量,诗歌与社会文化之间不再处在一种紧密的胶着状态,诗歌在社会文化甚至我们的日常生活中所处的位置,已经发生了很大变化。不可否认,目前诗歌处在了社会文化的“边缘”,显然不能举起引领社会文化的大旗了。当然从另一角度说,“边缘”,按照洪子诚老师的说法,它可能恰好是诗歌反思自身、打量社会文化、重新思考其与社会文化关系的立足点,为诗歌提供了重审自身功用和价值的契机。

如果我们把眼光放开阔一些,从世界范围来看,特别是西方现代以来的诗歌与社会文化的关系,我们就会得到比较多的启示。不难看到,从波德莱尔、叶芝、艾略特,到帕斯、希尼、布罗茨基等众多的诗人及理论家,他们无不注重诗歌内在的文化属性,有的诗人甚至把诗歌提升到文明的高度;在他们的表述里,诗歌既是文化中最为前端、灵敏的一部分,也是文化中极具深度、非常厚重的一部分。反观我们当下的诗歌,它似乎已经变得迟钝了,也不再具有分量,它在社会文化中可有可无,甚至成了个人的自娱自乐。今天,我们处在一种极为繁复的、错杂的语境里,社会文化的各个方面都面临着诸多难以言说的困境,诗歌也不例外。我想,今后的诗歌写作需要着力思考的是:如何回应、突围各种困境?如何重获一种文化创造力、重新建立诗歌与社会文化的关联?

我先说这么多。谢谢!

钱文亮：我也想接着晓东、桃洲的发言，首先对“拾壹月”这个名称进行解题。

按照子非花的解释，“拾壹月”是相对于圆满的十二月而言，隐喻着新诗仍是未至圆满的境况。这一点让我联想到海子。海子曾经有很多诗喜欢以月份为题，例如《九月》《从六月到十月》《七月的大海》等，而且也喜欢在诗中使用数字，例如“十三反王”“十五只黑色太阳”“一千具鹿的尸体”“年岁十二　人口亿万”……这样的，很多带有一种夸张的气势。我以前有一个学生，他就因为特别喜欢海子，自己就创造了一个“第十三月”这个意象，反复使用。从中你可以看出来自20世纪80年代的那种诗歌风格，那种特别的诗歌想象，它是非常夸张，非常高蹈的，非常有激情，某种意义上讲也是非常狂妄的——比圆满更圆满。那么现在来看“拾壹月”这个命名，它就显示出一种非常谦卑的态度，它一方面保持着一种对于完美的想往与接近，却又不去僭越自己在世的限度。我觉得特别有意思。桃洲说还可以联系到我们新诗的未完成性、生长性，的确如此。联系到我们对新诗的认知，就像西渡原来说过的，新诗一直持有实验主义的立场。最早从胡适开始，就认为新诗还没有一个理想的标准、没有现成的模式。所以胡适他的第一本诗集就叫《尝试集》，没敢叫“理想集”，就是非常鲜明的实验主义的态度。这种态度在80年代可以说是更加得到彰显，我们知道80年代有不少诗选，但是大多数都以“实验”“探索”之类题名，最著名的就是上海文艺出版社的《探索诗集》和唐晓渡、王家新主编的《中国当代实验诗选》，这就是一种很自觉、很清醒的一种历史意识，意识到新诗它还没有到达一个顶点，也没有出现一个大家公认的范式和标准。那么大家都在实验都在探索，当然现在仍然是在路上，所以说用“拾壹月”表示一种残缺之美，也比较符合现代美学，就像是断臂的维纳斯，更能体现艺术之美，因为她给你留下了更多的想象。

关于拾壹月论坛和中国诗坛，我昨天已经说了很多。我这次带的题目是“中国新诗与‘新文明’的再造”，这也是一个比较大的题目。我先不说这个题目，我想先谈一下我们当下的一个文化处境和我们诗歌的状态。昨天大家实际上都有个共识——就是比较乱，这个乱我觉得包括我们整个的国际状况和文化生态。在这一方面，它不是一个完全的价值判断，某种意义上讲它是个比较中立的描述，是一个事实的描述。在某种意义上甚至是对我们当下新诗文化的一个促进。在这种情况下，我们要重新思考以前的文明观念和文化观念，所以我才想起了这个题目。按照布尔迪厄的“场域”理论，就是它们将政治、经济“场域”的规则和力量强加于诗歌“场域”，诗歌“场域”的规则、界限严重被冲击，其自主性丧失殆尽，诗坛几乎成为各种杂耍表演的马戏团。这倒是非常令人沮丧的一个方面。

近些年有一个很重要的现象，就是很多诗人的写作，开始有点复古的味道，开始向古典诗歌学习，向古典的文学资源借鉴，那么这个情况出现，它实际上也是和这种新的全球范围的文化保守主义的兴起是分不开的。我们以前谈新诗，总要谈新诗的现代性，现在“现代性”这个概念实际上已经不能够来解释新诗的发展和探索了。上次在海南大学开会，我们的同学刘复生提出了一个文明论的视野问题。我认为这个视野的带入，某种意义上讲是必要的，或者说是一个摆在我们面前的新东西。从某种意义上讲，这也体现出历史的延续性。我们新诗最早发生的时候，它本来就有一个大的历史背景，就是中西文化冲突，或者说东西方文明的交锋。但是在那个时候，比如胡适，他就比较强调西化这样的一条道路，还有一些比较保守的人提出了中学为体、西学为用，还有另外一种提法现在来看是视野非常开阔的，那就是文明的再造，比如梁启超这样的人。这一批人都出过国，近距离地观察、体验过西方文明，感觉西方文明并不像那些一直住在国内的人所想象的已经到达了绝对的理想状态。那么用现代的话说，历史也并没有在西方文明那里终结，实际上他们自己也出现了很大的问题。五四前后，中国知识界一直有人在思考人类未来文明的问题，以及中华文明的问题：中国的文明到底还有没有活力，有没有能够给世界人类文明提供借鉴和方向。包括林语堂，他移居美国后，更加肯定中国传统文化中人文主义的这条脉络，认为它特别重要，比西方偏重物质的科技文明要好很多。当然，林语堂也有他的偏见或者是误读，反正我不是完全赞同，但是他这个思路我觉得还是对的。我的一个哲学导师张志扬先生，他是研究西方哲学的，他说西方的历史，有一条明显的下行路线：神性、人性一路褪去，剩下唯物。人本来就是自然演化而为人，现在西方人反其道而行之，全部褪去，将人还原为物。这给人类的未来带来很大的危机。那么像中华文明，倒是以人为本，对物质并不特别看重。这个问题说起来复杂，我就不展开了。不过，我这两年考虑的问题确实与此有关。其实去年在上海大学，我们学科就曾经召开了一个研讨会，题目就是“二十世纪中国文学和新文明的再造”，我的题目也是由此而来。我总在想，我们当前新诗的发展，为什么会出现那些复古的、仿古的、重回传统、向杜甫致敬这样的一些现象，如何来理解？为什么现代诗人卞之琳的"化古化欧"的诗歌实践及其诗艺受到了重新评价和重视？这些不能说与上述大环境的"文明"意识没有关系。还有，新诗的实践从五四开始，在近百年中也形成了自己的传统，这些都需要我们考虑。我觉得这是我们作为当代新诗的探索者所面临的一个文化、政治和文学本身的一个问题，这个处境是真实的。我想从这个角度来谈，也有命题作文的意味。我想谈三个方面，一个是：五四时期人们所理解的现代文明，一直到 20 世纪 80 年代我们所理解的现代文明，它是一种以等级论为内核的文明话语，也就是说西方文明肯定是高于中华文明的，所以我们后来对诗歌现代性的理解，往往是建立在这种等级论的观点之上，这种价值观之上，所以再后来又出现文明与愚昧的冲突的这种模式。所以从这个方面来看的话，中国新诗确实是中国追求现代文明的一部分，新诗也是我们建立现代民主国家的一个意识形态基地。这个具体来讲可以分成两个方面，一个是正面，一个是反面。正面的就是追随认同社会现代化的那种东西，也可以叫作资本主义文明的意识形态，比如说个性解放、人格独立、平等自由这些东西。这方面例子就很多了，比如说最典型的新诗中比较早的一首诗，沈尹默有首诗叫《月夜》，我估计大家都读过，好像四行还是五行，大概这样写的：霜风呼呼地吹着，月光明明地照着，在我的窗子外面，有两棵顶高的树，它们是并肩站着，而不是互相靠的。他所表达、宣扬的，显然和古典文学中那种封建的依附性人格是不一样的，那么它实际上是象征着我们现代文明所倡导的人格独立，所以他这种意识形态我们可以把叫作现代化心态。所以后来到 80 年代也有回音，就是舒婷的《致橡树》。《致橡树》也是这个意思：假如你是一棵橡树，我就是你身边的一棵木棉树，它就不同于古典文学，即使在情侣关系中，它也要保持双方各自人格的独立和人格的平等。所以《致橡树》那句诗就说，“绝不像攀援的凌霄花，借你的高枝炫耀自己”，它仍然是一种反封建的，反对那种依附性的人格。所以有很多的作品，很多的意象，它实际上是在正面宣扬从西方资本主义文明来的这种观点。我们看到法国的国旗——三色旗，实际上它就象征着三种理念：自由、平等、博爱，就是它的启蒙思想。另外就是自由解放、个性解放的思想。比如说周作人的《小河》、郭沫若的《天狗》、黄翔的《独唱》，那么也可以说它都具有现代文明的内涵：它是一种个人主义的价值观，个性解放的这种自由意识。这样的例子很多，比如说牛汉的《华南虎》，是对自由精神的歌颂；还有表现新的感官解放的，比如新感觉派之类的，还有对科学、民主、平等、博爱这些现代文明的歌颂，典型的有黄翔的《火神交响曲》，一直到食指、北岛、顾城、江河等，很多诗歌都是这样的。（王）东东的博士专题研究的20世纪40年代的“民主诗学”，实际上这都是现代文明意识形态的一部分，当然它是基于启蒙主义的一种思想视野来进行的诗歌表达，这是一点。另外一点，我们可以叫作对这种启蒙主义的现代性的反抗或者反弹，那么也可以叫反现代性的现代性。这里面我的想法还不太清楚，但是我觉得像“九叶诗派”里面它表现得比较充分，比如说穆旦的《还原作用》：“八小时工作”“荡在尘网里”“通信联起了一片荒原”，它是典型的现代化所造成的后果，这种荒原的感觉，他做了一个诗歌的表达，某种意义上讲它是一种对现代文明的批判。包括我们当下一些比较复古的诗歌探索，对我们的传统文化、农耕文明有重新的认知、重新的发明，我觉得也包含这种成分，不是完全认同物质维度的现代性。那么这是第二点。第三点，我们看到新诗的一些探索者，他们的思考提供了非常宝贵的资源，呈现出了一种比较超前的文明视野。以往在一些会上我也说过了，海子、骆一禾的文明视野，就是一种大的文明视野，他们对于诗歌历史的认识和理解不是进化论的那种断裂论，比如现代社会就比古典社会好，现代主义就比浪漫主义、古典主义好，后现代要比现代主义更有价值之类的，它不是这种进化论的意识形态。那么海子、骆一禾认为，整个西方的和东方的，我们中国的那些伟大的诗人，他们所创造的这种诗歌都可以用来建构新的诗歌形态，探索新的文明世界的建设。所以他们就把但丁、歌德、荷尔德林等所有诗歌天空上闪烁的群星，都当作新文明的灯塔，他们要进行吸收、进行转化，然后要创造一部大诗。所以我觉得这是非常伟大的、比较超前的文明视野，所以才有“诗歌共时体”的观念，我觉得这是西渡的博士论文所做的非常重要的工作。我上次跟桃洲谈过，说什么时候我们也开个会，对这个观念专门来研讨一下。这应该会对我们当代诗人有很好的启发作用——我们要跳出现代性的陷阱，在更高更超越的文明视野中，来看待我们诗歌的历史和未来，以及我们人类的历史和未来。

总而言之，早在五四前后，国内知识界、文学界就已有人同时反思西方现代文明和中华古老文明各自的优长与弊端，希望探索出能够融合前两种文明之长而又超越前两种文明的人类的新文明。时至当下，具有这种“文明自觉”的国人已经愈来愈多，海子、骆一禾可说是最卓越的两位。

（王）东东的博士论文，实际上他也是在考虑这个问题，我觉得跟西渡的博士论文有一个勾连。现代性它是非常复杂的，“新文明”的再造也不可能完全抛弃启蒙主义的价值观和它的文明观，我觉得这确实是一个需要充分探讨、充分实践的一个方向，如果说这是方向的话。我觉得这是我们当代的批评家需要考虑的问题。那么总体来讲就是，不同时代的诗人，他们都在用直接或间接的方式思考和书写了自己对文明的理解和想象。但是对新文明的建构是我们应该有所意识的。下一步还有一个严峻的问题，就是机器人时代的来临，我们人类的生存，我们人类生存的意义和价值也将很快就受到威胁，这就是另外一个问题。昨天我在车上跟东东也谈到，前面已经有机器人诗人微软小冰，微软小冰秒杀了大量的初级写诗的人。现在又有一个公司叫封面，它们的人工智能诗人已经“写出”了一本诗集，这个诗集的艺术水平据说可以秒杀 80%的诗人。它比微软小冰更成熟。《南方文坛》杂志已经专门组织了一批论文谈论这本诗集的情况，这就提出了更严峻的问题。实际上，我们当代诗人面对的问题确实是很多，而且都很紧要，都很重大。所以我们在现代文化方向总的题目下，来谈论我们所面对的这些东西，我觉得特别有意义，特别迫切，特别重要。

冷霜：今年是五四运动 100 周年，中国的现代文化是从五四运动确立起它的方向的，五四新文化运动将这个方向概括为“民主”和“科学”，我们也可以说这个方向就是现代理性和现代人文主义。在这个意义上，新诗无疑属于中国现代文化的一部分，新诗对中国人在中国社会和文化的现代化过程中情感、意识、经验的表达，包括语言的变革，都是在现代理性和现代人文主义的观念平台上展开的，这是问题的一个方面。另外一方面，新诗又是中国现代文化中相对独特的一部分。新诗诞生也已经有 100 年左右的时间了，在这 100 年里，它的合法性不断地遭到种种质疑，这表明，在中国的现代文化中，新诗是一个面对着更多阻力的、具有难题性的文化实践。现代文化的建立，意味着新的、现代的价值在不同领域的确立，而这些现代的价值在不同领域的确立和接受有难与易、快与慢的不同。用我们常见的最为笼统的“真善美”的概括，我们会看到，“真”和“善”，也就是现代的哲学和科学话语、伦理观念等被知识分子和国民普遍接受的过程要更早更快一些，然而审美的惯习因为积淀深厚，转换却要缓慢得多。所以尽管新诗的艺术实践已经跨越了 100 年的历程，由于传统的审美观念的制约，对它的质疑和批评始终存在着。这就是新诗与中国现代文化之间的关系的一个特征，即它一方面属于中国现代文化的一部分，同时它又是中国现代文化的一个具有难题性，遭受阻力最多的部分。

而这种状况在进入当代之后，又发生了一些变化。我在这里要讲的话题也是“新诗和当代中国文化”，我对“当代”的界定不是从 1949 年开始，而是从 70 年代末开始，也可以说是从“短 20 世纪”的最后阶段开始，在这样一个当代的背景之下，我们会看到新诗恰好在它的起点，在七八十年代之交的文化中扮演了一个非常特殊的角色，甚至处在一个相当核心的位置。我们今天常常会批判性地认为，新诗之所以在当时获得这样一个核心的位置，是因为它的主题与时代的社会政治议题有着紧密的关联，但也正是从这里，我们可以看到新诗的艺术实践与 40 年代以来的民族战争、社会变革与国家建设等历史实践之间的呼应关系，换句话说，尽管当代新诗的发展是在对 50 年代之后的政治、文化和文学规范的反思和批判基础上展开的，但在七八十年代之交，这种反思和批判也吸收了50年代以来文艺与政治、社会、文化之间所构造的紧密关联而带来的巨大能量。在这一点上，与新诗在20世纪上半叶的现代文化中所处位置与状况相比，可以看到新诗在当代文化中的地位与处境的进展和变化。

关于新诗与当代中国文化，有很多可以展开的话题，在这里就简单谈两点。首先，2008年汶川地震后，曾出现大量民间的“地震诗歌”，其中有一些是不同机构发起征求的诗作，也有很多是普通人通过诗歌的形式表示对这一事件的关切，对受灾者的同情，而且产生最广泛影响的一些诗作也是无名氏的作品，这些诗绝大多数采取的都是现代诗的形式。在这个重大的公共事件里，诗歌扮演了重要的角色，它也让我们看到，尽管当代新诗仍然在遭遇各种质疑和批评，但它也逐渐取代了旧体诗，成为当代诗歌文化中更具代表性的抒情文体。

另外一点，如果和其他现代文学文类在当代的发展相对比，当代新诗一个很特殊的地方是在它自身的发展过程中存在着两个空间。除了通常的由公开发行出版的诗歌刊物和书籍构成的诗歌传播与接受空间外，另一个是从“文革地下诗歌”到《今天》形成的由民间诗歌刊物、自印诗集为载体进行诗歌交流和传播的空间，在80年代以后逐渐成为当代先锋诗歌的一个重要“传统”，90年代以后，由于先锋诗歌与主流诗歌观念、趣味之间越来越大的差距，至少在一段时期内，当代诗歌真正的第一现场并不在前一个空间里，而是在后一个空间里。这是当代诗歌发展不同于当代小说、散文一个很显著的特征，这个特征带来的后果和效应非常复杂，有它很正面的意义，或许也有一些我们今天需要重新去反思的地方。从正面的意义来说，它保证了当代诗歌实现一种真正自由的、独立的探索性，去抵达美学的尖端，这个意义无论怎么去估价都是不过分的，因为80年代以后，能够正式公开刊行的诗歌刊物，在美学观念、艺术趣味上，始终有滞后性，有保守的力量，在阻碍诗歌自身的发展，所以在这样一个以民间诗刊和非正式出版物为其载体的传统中，当代诗歌在近三四十年里不受约束地积累起来了很丰富的美学和艺术的经验。但另一方面，它也存在着消极的因素，就是这种非公开出版、无广泛发行渠道的方式形成的诗歌的交流、传播和接受状况，客观上也会使诗歌的写作和当代文化的互动缺少更多接合点，简单来说，这使得那些自由的艺术探索难以被普通读者、陌生读者、偶然读者所接触到，那么它在诗歌的阅读接受、诗歌文化的培育等方面不得不处于一个不利的处境，而更深一层，这使得当代诗歌写作和当代文化发展之间的接合点可能受到限制，不那么充分，这当然不是说因为当代诗歌这种特殊状况，两者之间没有接触的可能，但是在当代诗歌展开它的美学探索和实验的过程中，需要与之摩擦的更多的文化界面是受到了阻隔的，而且，随着时间的推移，这种被阻隔的状况也许也不再被充分意识到，而视之为自然。所以今天我们回头再来看当代诗歌的实践，特别是把当代诗歌与当代文化的发展联系起来看，就需要我们重新去思考这样的传统，并设法突破这种状况。我们也可以看到，这些年由于一些外部因素的变化，这种状况也在发生新的变动，但是不是真的带来了根本的突破，还有待观察。

这也就说到，在新诗和当代中国文化之间的关系方面，我比较关注的一个问题，就是当代诗歌的写作和其他的当代人文领域实践之间的关联。对于当代诗的批评和质疑的声音里，一个常常可以分辨的论调是对诗歌阅读与接受的大众性的预设，我们今天已经看到这种预设本身存在的诸多前提性问题，比如它将现代读者想象为同质性的群体，以及潜含地将读者视为被动的接受体，和对诗歌价值与功能的单一化理解，也就是诗歌的价值在于感动和抚慰大众，等等，这些不用再多说，以这样一种大众性的预设去要求诗歌，显然是相当偏执和武断的。但另一方面，当代诗歌的实践，又必须能够和当代的其他人文领域的实践之间形成一个更有力的联动关系。我觉得这是当代诗歌领域今天需要去思考的问题，我想这也不是当代诗歌自身独有的问题。在当代其他人文领域中也会看到某些“内卷化”的表现，也就是说在一个领域自身的发展中，它的潮流运动逐渐形成了自身的游戏规则，形成了自身的“行话”，形成了自身的认识实践门槛的同时也形成了自身的封闭性，也因此难以被转换到一个更大的当代文化的认识空间和讨论空间之中，提升它的活力。各自领域的“戏台里叫好”的实践，或者它们的真正有前沿性而不是最有风头和势力的那些表现，如何能够为当代的不同人文领域的工作者有效地辨识，是当代人文实践中一个共通的问题。当代诗歌自身的进展，如何能够和其他人文领域的实践，他们的思考，他们的困惑，他们看到的方向和危机之间能够形成一个连带关系，我觉得可能是当代诗和当代文化之间一个非常关键的问题。当代诗歌这些年表现出来的一些状况，可能也和这种连带性的弱化有关，就像文亮兄刚才谈到的那种“复古”的或向传统回望的文化姿态等，它表明当代诗歌和外部的社会文化思想的变动是关联在一起的，但这种关联却并非一种更主动的、更自觉的思考所致，相反更多是被动的、被外部的时势变动所带动的。我想这也许是当代诗人需要去认真反思的，如果我们认为诗歌是现代文化中最敏锐的部分，或者说诗人是现代文化最敏感的器官的话，那么他应该是更主动、更自觉、更内在地去对当代社会思想文化的时势变动做出他的辨识和回应，而不是被后者带着走。这是我理解的新诗与当代中国文化关系中一个亟须注意的问题。

吴晓东：刚才冷霜兄提到20世纪。启发我们思考中国的20世纪到底是怎么走过来的？有研究者从“短20世纪”的范畴去理解20世纪，是一个很有意思的范式。20世纪从中国革命和社会主义建设的历史过程来看，它的时间好像很短，还没有发展完善，似乎就重新被资本主义的社会模式给取代了，所以作为革命的历史，20世纪是一个堪称短暂的历史过程。但也有研究者同时提出来一个“长20世纪”的范畴。所谓“长20世纪”是从现代的范式来理解刚刚过去的100年，如果从现代性的维度进行观照，中国的20世纪又是个漫长的历史进程。冷霜兄启发我思考“短20世纪”和“长20世纪”的区隔，对于我们理解诗歌的历史可能会带来不同的视野，比如从“长20世纪”的范式思考，我们会关注“现代性”，关注刚才文亮兄说的“启蒙”以及人的觉醒，关注“人道主义”的历史轨迹，进而寻求对诗歌历史范畴和情感模式的理解。但是如果从革命的或者说“短20世纪”的眼光来理解，这就涉及刚才冷霜兄想强调的一些历史面向，比如社会运动、社会政治、社会参与，即诗歌和社会的紧密的互动和联系。冷霜提到了汶川地震，在面对巨大灾难的时候，诗歌同样承担了国人对历史进程的参与性，诗歌构成了国人表达情感和愿景的途径。所以在这个意义上，诗歌是具有参与性的、政治性和革命性功能的。这也关系到我们对诗歌的历史作用的理解。诗歌一方面诉诸我们所谓的美学现代性、先锋性这样的理解范式，但另外一方面又有它的革命性、激进性和政治性，所以关于诗歌与文化方面关系的思考，我觉得至少可以建立一种革命和现代的双重坐标。这样也就能把诗歌的文化发展的方向理解得更为宽泛。

张桃洲：我也回应一下冷霜的发言，只针对他说的一点：他提到当前诗歌和其他人文学科的关系问题，让我颇有感触。的确，当前包括诗歌创作和诗歌研究在内，给人的总体印象是，已经失去了跟其他人文学科进行对话的能力，或者说已经无法吸引其他的人文学科来参与了。虽然偶有诗歌之外的研究者对诗歌表示了兴趣，但相关谈论和分析大多比较“外行”，充满了误读和错位。远远比不上海德格尔对荷尔德林、里尔克、特拉克尔等诗人的解读，更不用说阿多诺、阿伦特这样的哲学家关于诗歌的论说。当然，海德格尔对诗歌的讨论有他自己的方式，他自认为这种讨论并不是一种美学，也绝非一般意义的诗学，而是出于“思”的需要，也就是他对诗歌的关注，是为了阐发他本人的哲学观念或理论；他的讨论里包含了一种很深的历史同时也是文化的因素，比如他分析诗歌的语言，就把它与古代文化和本民族特性联系起来，内蕴十分深厚，这样的层次可能是我们关于诗歌的泛泛而论无法相比、难以抵达的。在未来的写作中，诗歌如何使自身强大起来，如何形成一种跟其他人文学科进行对话的能力，如何能够面向其他人文领域发出声音来，是我们需要着力考虑的，这方面的缺失在某种程度上也成了我们的焦虑所在。从目前情况来看，诗歌跟其他人文学科的联系越来越稀薄，其他人文学科越来越疏远诗歌，对诗歌的发言能力、发声的可能性好像还不能寄予太多的期待，也许诗歌和其他人文学科都还没有准备好，或者说二者在这方面的意识还不够充分。

钱文亮： 我再补充说一下当下诗坛"乱"象的问题，这可以从两方面来理解。第一方面，我认为它是"文化民主""文化平权"的一个体现。为什么这么说呢？我根据的是如下的事实：其一是我们国家因为大学的扩招，已经有越来越多的人接受了高等教育，文化程度普遍得到提高，有越来越多的人获得了较高的阅读鉴赏能力和自我表达能力，就是说这些年进入诗歌领域的人员构成已经发生了很大的变化，因为每个人都有表达的欲求，都有自己心仪的诗人、诗歌和诗歌的风格或方向。这使得诗坛像江湖一样显得特别的繁杂，因为每个进入诗歌场域的人员，各自的诗歌经验，各自的审美素养，各自的诗歌观念和写作准备，很多方面都是千差万别的，这样必然产生令我们这些比较专业的研究者感到很奇怪的现象。例如像近些年突然蹿红的诗人余秀华，我就一直认为她是一个文化事件，是这个"文化平权"时代的一个典型个案。大家知道，她作为一个有点残疾的、社会边缘的农村妇女，比如说在现实中活得比较缺少尊重，比较缺少幸福和自由，但是因为她具有了相当的表达能力，特别是因为互联网的出现，现在更有智能手机之类的支持，她就直接获得了与任何人都平等的表达权，她直接跳过传统的等级制的稿件发表审查机制，直接参与到诗歌的“场域”中来，并且突然成为著名诗人，这在以前是很难想象的。但在当今时代可能性却大大增加了。所以，当下诗坛所谓的“乱”，如果从整个社会发展来讲，它反而是个好现象。因为诗歌写作的权力，自我表达的权力，不再由那些专业的或著名的诗人所垄断了，“我”不需要他们来代言，“我”直接就参与进来，“我”也能够以诗歌的形式表达“我”自己。这就是我所理解的当下诗坛“乱”象产生的第二个方面的原因。客观地讲，还是值得肯定的。因为参与的人越多，那么带来的生活感受、想象力、诗歌形式和形态也就会越多元，对诗歌的更新与活力恰恰是好事。

不过，当下诗坛的“乱”也确实存在非常负面的东西，我认为它的罪魁祸首就是权力的越界和资本的越界。像在西方，其他学科、其他领域的人也谈诗歌，也从诗歌中寻求灵感，但在那里，不同领域、不同学科之间的界限还是比较清晰的，每个领域、每个学科它都有一定的自主的场域及其界限，不能够被政治的或资本的权力随便进入、主导。另外，诗歌在西方文化里面，实际上是个非常独特的领域，被认为属于人的精神的、心灵的活动，它和现实的关系很少像我们这里强调得那么直接、那么厉害。这就涉及诗歌的特殊性，它是一个特殊的“场域”，它的秩序、它的规则和社会其他的很多“场域”都不一样，即使与它们发生互动，也不是那么直接。当然，一些人因为缺乏起码的界限意识，缺乏对诗歌起码的敬重之心，以官场或者商场里的那些运营规则来强制性地扭曲诗歌场域所特有的秩序，破坏其自主性的规则，在当下却显得更加丑陋、更加肆无忌惮，简直到了把诗坛变成马戏团的地步，非常不干净，这是最令人忧虑的事情。这种

“乱”象，对诗歌的建设和良性发展具有非常严重的破坏作用。

王东东：这个题目最早是我建议的，“新诗与中国现代文化的建设”，但后来我看到被改成了“方向”，是诗人子非花把“建设”改成“方向”，我觉得改得特别好，有一种战略家的眼光，诗歌文化的战略家。我当时有一个特别大的想法，其实是一种困惑，能不能从文化学或文化哲学的眼光来观察新诗？我们在做诗歌批评的时候，也会有自觉的文化意识和文化观照，但是始终是零散的甚至是支离破碎的。那么如何把文化意识凸显出来，把它提炼出来，可能是一个重要的问题，新诗其实已经有了一百年的美学的、感性的积累，是一个成熟的文学样式和文化方式。吴老师是我的博士论文指导老师，我当时做博士论文，试图用启蒙主义的眼光来看待 20 世纪 40 年代的新诗，的确有一种想要更新诗歌批评话语的愿望。

我个人的发言题目是“从反叛到为喂养：新诗的文化品格之养成”，之前先看了诗人夏汉的文章，他谈到了新诗作为一种反叛的存在，我也从中受到启发。新诗具有什么样的文化品质？反叛的诗学与文化，对中国现代历史是非常清楚的，甚至是影响最大的一种。鲁迅在 1907 年的《摩罗诗力说》就提倡一种浪漫主义的摩罗诗力，“诗者，撄人心者也”“立意在反抗，旨归在动作”，可以让人们联想到后来左翼的革命诗学，但在鲁迅这里仍然属于启蒙。革命和启蒙就这样彼此缠在一起，只有从更高的文化哲学的角度，才能完成对革命诗学和启蒙诗学的辩证。

如果以古典诗歌作为参照的话，新诗的文化任务或者说它的文化学上的成果，还远远没有完成，或者说，它可以形成一个未来的非常庞大的学术工作。中国古典诗歌抑或说旧诗，它本身就经得起历史学家、哲学家的探讨，陈寅恪可以在思想史上谈陶渊明，也可以借唐诗来研究唐代社会的风俗，这当然是因为诗是中国古代文明、古典文明的中心。相比起来，对新诗的文化学、文化哲学的观察，才刚刚开始，我们只有 100 年的积累，相比于古典诗歌，新诗自身的美学范式，或者说美学品格，仍然是在认识当中，它的文化品格或文化特性是一个更为困难的认识对象。

我现在想做更进一步的分析，新诗的文化品格之养成，尤其是新诗不同于旧诗的文化品格在哪里？如果说，新诗不仅仅是一种反叛或反抗文化，而还可以成为现代文化的核心和有机构成，与现代文化价值和标准具有有机联系，它可以提供哪些独特的文化视野和文化价值？我觉得可以从书写对象来展开，从三个层面进行论述，第一个层面是对于事物的描述，第二层面是对于自我的书写，第三层面是对于他者的书写。在这个过程中认识新诗的文化品格与文化个性。

从对事物的描述的角度，很显然新诗当中的事物比旧诗当中的事物要多，新诗所展现的事物要比旧诗更为广阔。因为现代世界的事物远远超出古典世界，尤其现代性对中国的刺激，最早可能表现为一些新事物，以及与之相应的新名词的出现，就像黄遵宪、胡适，不管是晚清的诗界革命还是新诗，他们一定要采用新名词，用一个新的语言来创造一个新世界。另外我觉得新诗当中的事物有一个特别大的不同，旧诗当中的事物之间的联系是非常紧密的，但新诗中的事物之间的联系相对更为松散。从回溯或后设眼光来看，古典诗歌在一个成熟的世界观里发生作用，所以它的事物之间其实是有一种意义的专制，但是新诗它可能真的面对的是一个散文的世界，或者说像黑格尔所看到的，我们现在是散文的世界。新诗的文化知觉，可能首先表现为对新事物的惊奇，比如说有未来主义追求的诗歌。但新诗对于事物的书写，整体上体现出一种存在主义的疏离感或者说存在主义的恶心。所以在这个意义上，新诗对于事物的书写还远远不够，因为它好像更多的是一种恶心感，是一种疏离感，我觉得要重新回归到我们和事物之间的亲密感。我们古典诗歌中是有这种和事物相处的亲密感的。这仍然是一个新诗未完成的文化品格。新诗更多的是一种感伤的诗，它还没有成为一种素朴的诗，在我们现代世界里面，我们真的没有摆脱疏离感，从感伤的诗到素朴的诗，感伤和朴素不仅仅是美学品格，同时还是一种文化品格。在诗哲同源的意义上，诗歌分享了哲学对世界最初的惊异，而具有形而上学和本体论的内涵，然而诗歌寻求的创造性的规则同时具有一种亲和性。诗歌对事物的想象也可以说是事物对自身的沉浸，并亲证创造者（上帝、本源、太一）和万事万物之间的平等。万物本原也即万物自身。对事物的想象同时意味着对事物的保存，尤其是在权力和资本的双重暴力侵蚀之下，这是因为权力和资本损害的对象不仅是人而且还是事物本身。古典事物的消失使诗歌的古典想象难以为继。认识到诗歌想象对事物的保存作用，在当今科学主义和生态危机的语境里尤为必要。对事物的想象可能同时意味着主体的死亡，意味着人类消融于事物之中，然而，既然消融于集体或人类大家庭之中并不能让人放心，他们为什么不能从事物中获得至福呢？这甚至在远古时代也是人类的权利，就如在牧歌当中，在作为素朴的诗的牧歌当中。奥登在第二次世界大战时的中国想起里尔克并向其致敬不无理由,与事物打交道的艺术虽然并不能直接等同于与他者打交道的艺术,但却要求后者的艺术有所提高:“当我们悔不该生于此世的时分:/且记起一切似已被遗弃的孤灵。/今夜在中国让我来追念一个人,//他经过十年的沉默,工作而等待,/ 直到在缪佐显出了全部的魄力,/一举而让什么都有了个交代://于是带了‘完成者’所怀的感激,/他在冬天的夜里走出去抚摩/那座小堡,像一个庞然大物。”(穆旦译),这可能意味着奥登改变了他在1939年二战爆发之际对里尔克“向后回溯圣父的物质贵族世界,而不是向前寻找圣子的民主精神世界”(参阅奥登:《英语里尔克》,叶美译)的评价。

对于自我的书写,新诗相比于旧诗,在这方面有什么不同的文化表现?新诗对于自我的复杂性的表现,是旧诗难以比拟的,这一点是毫无疑问的。当然还有对于自我的黑暗一面的表现,这个可能是现代新诗的书写和旧诗最大的不同,和存在主义也有关系。过于注重内心的黑暗面,人类自我的潜意识、非理性,新诗中这样的成分是很多的。在这方面其实有一个巨大的升华问题,这是一个非常普遍的精神修养的问题,简单来说就是个体自我的精神升华。像中国传统儒家的心性之学,还有西方基督教的心性之学,都可以提供有益的启示。在王阳明的心学里面,在王艮和李贽这里,都可以看到一个躁动不安的精神世界、一个成问题的精神世界,中国现代反叛的心性与之有很大关系,不少人就注意到了鲁迅和李贽的相似性,这其实是一个要解决的精神问题,只是难以从传统内部解决。但在王阳明的心学里,它其实还有一种自我人格完成和道德修养的理想,一种成王成圣的理想，而且其中也具有一种忏悔意识。张灏先生讨论中国的儒家哲学里面到底有没有幽暗意识，他认为王阳明的心学里还是有这种成分的，有没有忏悔意识，类似于基督教的忏悔？其实晚明的士人，每天都要填一个功过格，做错了什么，都要记清楚，他们其实有非常深的休养功夫，会打坐，但不是为了治疗失眠问题。在消极的意义上，新诗对罪的意识或罪恶意识的表现其实是比较成功的。比如在穆旦的诗里面，基督教的精神架构和带有马克思主义色彩的社会结构二者之间的冲突，在消极的意义上表现得是非常成功的。但是从积极的角度，无论是基督教的忏悔还是儒家的心性之学，在新诗的精神建构中远远没有完成，仍然是一个未完成的文化品格。尤其是中国的心性之学，它其实还是有成王成圣的理想。其实在基督教里面也有，受苦本身也是一种成王成圣，也是自我的完成。从消极的层面上来讲，对于自我的黑暗的正面书写，新诗是成功的，或者说非常有冲击力，但在精神升华方面则远远不够。

郑敏的一首诗《渴望：一只雄狮》为什么会引起争议？“在我的身体里有一张张得大大的嘴/它像一只在吼叫的雄狮/它冲到大江的桥头/看着桥下的湍流/……/狮子带我去桥头/那里，我去赴一个约会”，为何这样的原始意象，同时也是创造力的表现？其实，新诗对于自我的非理性、潜意识的表露，和我们既定的文化规则可能是冲突的。如果它能成为我们的主流文化建构当中的必要因素甚至核心因素，就像古典诗歌之于古典文化一样，新诗所提供的自我观照、自我养成的模式，可能就是文化观照、文化养成的典范。古典诗歌显然是有这样典范性的作用的，孔子很难了解，那么就让小孩读杜甫诗，他可能就会变成一个非常忠厚的人。

对他者的书写，新诗也有自己的文化品格。这同时也是对共同体生活方式的关注。在这方面我没有特别想清楚，但是我觉得，和旧诗对他者的关注不同，新诗当中的他者是和自我平等的他者。新诗当中的他者与自我可以互换，但是在旧诗当中的自我和他者是不可替换的，因为旧诗的作者是官僚士大夫，在很大程度上古典诗歌都属于士大夫文化，说得不好听点，是官僚文化，它的官僚性导致古典诗歌当中的自我和他者是不能替换的。比如从美学的层面上来讲，李白给他的妻子写了一首诗，然而他的妻子却不会写诗，于是他就又替自己的妻子写了一首赠给他自己的诗，《自代内赠》："宝刀截流水，无有断绝时。妾意逐君行，缠绵亦如之……妾似井底桃，开花向谁笑？君如天上月，不肯一回照……"这个作为他者的女性和作为诗人的自我表面来看似乎是可以替换的，但这仅仅是在表情达意的修辞层面，实际上是并不可换的。但在新诗中，女性作为他者与男性应该是平等的。这个例子可能不是特别恰当，因为是情感书写。但士大夫诗人关怀民生的诗作，很显然，那个他者和自我是不平等的，也是不能替换的。

从旧诗到新诗，发生了从官僚性到无官僚性的转换，因为新诗当中的主体已经是无官僚性的，或者用一个不恰当的词，其实是从阶级性到无阶级性的转换。知识分子本身是无阶级性的，还是构成了一个特殊的阶级，无阶级的阶级？这些都值得思考。新诗对他者的书写，体现了对于民族共同体生活方式的关心，甚至有一种启蒙主义的文化批判或者文化观照。这里面我觉得有一个重要的东西，对自由的追求也不应该被我们所忽视，我所说的自由，在最低的限度上也可以指向心灵意义上的，是心灵的自由，如何从罪恶或忏悔意识，甚至是创伤当中获得一种更高的心灵自由。这其实是新诗的文化品格中非常值得期待的一部分，新诗不应执着于对自我的黑暗的书写。在对他者的书写方面，新诗体现出什么样的文化品质？可以说，这种文化品格里面包含了一种新的共同体的原则，也可以延续传统儒家的民胞物与、万物一体之“仁”，但更包含着从“仁”到现代社会自由人的联合的“共通感”的转换。

夏汉：在当代语境里，将汉语新诗置于中国现代文化的观照中——尽管有那么多诗歌文本的面世、编选，诗歌现象的经典化努力和诸多肯定性的评价与理论概括，以及风起云涌的诗歌节与诗歌奖，但依然会给人某种无以言说的尴尬或莫名的悲伤，这或许缘于新诗与现代文化在相当一个时期，皆处于异常的混乱状态，且有为对方推波助澜之态势，不妨说，冲撞与损毁总是多于充实与建构。同时，我们还可以描述为双方尚处在某些动荡与变动不居之中，仍在走向各自尚未抵达“传统”自身与最终融合的路上。故而，汉语新诗与中国现代文化的双重过滤就显得十分必要——或许这就构成了一个对于新诗与文化的观察畛域。

弗罗斯特认定诗人是情感大师，那么“他的伟大之处在于其敏锐性——敏锐性，尽情品味上帝所赐的一切；所有这一切，灵魂的，精神的，还是肉体上的”（参阅弗罗斯特：《诗歌就是人性的优雅》，董洪川、王庆译）。源于此，诗歌在其本性中就有来自对外在于“灵魂的，精神的，还是肉体上的”文化的一种“古老的敌意”和希尼所言的“寻求纠正主流环境中出现的任何错误或恶化”的明智动机，而华莱士·史蒂文斯所谓的诗歌的高贵在于它“是一种内在的暴力，为我们防御外在的暴力”为希尼的论点作了声援(引自希尼：《诗歌的纠正》，黄灿然译)。这里，无论是把文化视为相对的对方，还是诗歌原本就是其文化的自身构成——这里取决于诗人不羁的个性追求，同时也应和了弗洛伊德的观点，他说，每个个体实质上都是文化(文明)的敌人(参阅弗洛伊德：《论文明》，徐洋译)。在这个视域下，观察当代汉语诗坛的具体表现，就有如下的情形：

首先，新诗对于文化的本能的敌视。新诗在本质上拥有一种斯蒂文斯所谓的“意识中不明就里的发生”的非理性因素(参阅华莱士·斯蒂文斯：《诗歌中的非理性因素》，李海英译，原刊于《上海文化》2016年9月号)，乃至于在超现实主义诗人那里则表现为潜意识，这种内在的自由相对于理性的文化形态势必带来程度不同的僭越、破坏或不予认同。难怪王敖在谈论艾略特之际，会如此写道：真正的属于悠久文明的现代诗人，不论对此是否有明确的自我意识，正是那些致力于卸掉所有文明的重负，回到神经与脑电波的原点，从物质的层面进行触底反弹的诗人，而不是布罗茨基有意区分过的“文明化的诗人”。在曼德尔斯塔姆那里，所谓文明之子的工作源于其头脑中“发声的模块”(参阅王敖：《诗的神经与文明的孩子》)。

其次，新诗在其自身的发育中又显示出某种先天不足，并由此引起自我慌乱与不淡定。一个时期以来，新诗一直存在着的痼疾便是全盘承袭西方诗学与精神源泉，诗的语言形式趋于欧化与翻译体，在蕴涵的披示上，也以借用为主，舶来的痕迹异常严重。而在近年返回汉语古典传统的呼声中，却又出现食古不化或挖掘不出鲜活元素之嫌，忘记了艾略特的忠告：假若传统或传递的唯一形式只是跟随我们前一代人的步伐，盲目地或胆怯地遵循他们的成功诀窍，这样的“传统”肯定是应该加以制止的。我们曾多次观察到涓涓细流消失在沙砾之中，而新颖总是胜过老调重弹。传统是一个具有广阔意义的东西。传统并不能继承。假若你需要它，你必须通过艰苦劳动来获得它（参阅艾略特：《传统与个人才能》，李赋宁译）。这就让写作仅仅流于表面——要么刻意于汉语自身的狭隘修辞，要么陷入古意，不啻说，其写作试验给人一种类似于裹脚老太的感觉。而在另一个向度，因了美国盛行的口语诗的影响，汉语诗的口语化日趋严重，乃至于口水现象泛滥成灾，让诗歌堕落为一种低俗甚或恶俗的情绪分泌。他们哪里晓得，诗就是“牺牲掉日常言谈的那些期望”，博纳富瓦称之为“散文的话语”，并强调“当诗歌成功地甩掉散文话语，它就能进入同样的深度”（参阅博纳富瓦：《诗歌有它自身的伟大》，树才译），故而，当下的不少口语诗人的单薄或浅薄的文本就成为一个司空见惯的症候。

在当下，这个庞大的汉语诗坛也异常的杂乱，众声喧闹。自朦胧诗之后，国内各种流派风起云涌，仿佛一夜之间太多的诗歌名头冒了出来，特别是进入微博、微信时代，诗坛更是热闹异常。而在这背后，我们固然能看到人们在优裕的物性生活之余依然拥有对诗意的追求，但也会出现泥沙俱下，从而产生诗歌的虚假繁荣。有更多的人，不去研究诗歌，仅凭兴致与冲动去写作，而且写得太多、太快、太过随意，很多文本根本不是诗，或者说就是打着诗的幌子在羞辱诗的清誉与高贵。而那些安静写作的诗人与作品虽没有被淹没，但总显得孤单与边缘化，或优秀诗人的总量与这个群体构不成比例。在曾经拥有唐诗、宋词的伟大国度和曾经诗神远游的美丽神话中，我们当下的诗坛该有不肖子孙的羞愧：不少地方山头林立，兀自圈地为牢，做成了诗人小圈子，对于之外的诗人及其写作不是充耳不闻，就是心生排斥之意。而不少诗人心仪于一些活动的势利性，把诗会看作实现自己虚荣心的平台，耽乐于那种马戏团般的出演，眼界之低下与狭隘也愧对于布罗茨基所说的诗歌是语言的最高形式和我们整个物种的目标（参阅布罗茨基：《表情独特的脸庞》，摘自《悲伤与理智》）以及诗是我们的人类学和遗传学目的，是我们的语言学和进化论灯塔（参阅布罗茨基：《一个不温和的建议》）的说辞。凡此种种，既不能自觉地走向文化自身，也难以融入文化体系，不被接受或抵制就成为自然而然的结局。

而在文化领域，由于历史惰性的存在和西方文化的鱼贯而入，也表现出不少问题。我们的文化传统中固有的专制性一直是与现代性相抵触的，不妨说，传统文化曾经的辉煌导致我们民族心理的夜郎自大，在看似包容的表象里其实有着天性的排斥。另外，我们传统文化的庞杂势必处于精华裹挟于腐朽与尘垢之中，就是说，我们在面对传统的时候，仅仅看到我们能够看到的那一部分，一如盲人摸象，真正有着生命力的东西未必被我们所发现或接受，以至于在更多的情形下因了传统文化的沉滓泛起而误入歧途——诗的写作和诗人不与传统文化合作的态度大约也缘于此，故而王敖所谓的“极端的方式也意味着一种对创造力的激发与呈现。因为它既能利用文化，又在很大程度上削减了已经沉重僵化，以致朽坏的文化中介”（参阅王敖：《诗的神经与文明的孩子》)，是一个很恰切的说辞。而正是这种自以为是的普适的文化固执，抵触新的文化萌动——其中就含括了诗歌的被接受。同时，在开放的环境里，西方文化资源一股脑地进入，导致当下文化形态的杂芜与错落，以至于扰乱了我们的文化自信与依存，也出现了或盲从或犹疑或逆反的文化心态，对于文化的发展与健全带来诸多弊端。

在今日诗坛喜忧参半的形势下，我唯有认同张曙光的说法，那就是“诗是少数优秀人的事情”。不妨说，只有这个虚胖的群体中的少数诗人在写作有价值的诗，他们的文本方可进入诗歌史，由于这些诗文本的独有的诗学价值与现代优秀文化相向而行，故而才可以嵌入文化或构成文化自身的优质元素。当然，这里排除那些因写诗而成为文化名流的人物，不啻说，他们远不如那些安分而低调的写作者的诗更有与文化对接与融入的可能，可以说这些诗人的文本在某种意义上才更具有文化的价值。而更多的写作者，倘若有了随意涂写而向严肃写作的向度进取——即由自娱自乐、浅层次的形而下的情绪宣泄进入形而上的普遍性提升，张扬一种诗性正义，正如加缪说过的那样，作家不应为制造历史的人服务，而要为承受历史的人服务(参阅加缪:《写作之所以光荣，是因为它有所承担》)，那么我们今天的诗人也应该有所承担——即便这种承担已经化为内心的审美感受与对于社会的洞察。说到底，诗坛唯有自我保护与过滤功能的强化，各类网站与纸媒的自我提升与规范，才能为诗人写作创造一个好的环境，催生更多的优秀诗人与作品涌现。同时，诗歌理论与批评亟待跟进，诗学经典化的力度亦需加快，尤其需要克服一种批评的低能与平庸，比如屡屡被指诟的一些虽为高学位者，但常常耽于末流文本的无效解读或过渡空洞的概念化写作。而诗人批评家的涌现为诗歌批评与写作的普及添加了新的力量，理应得到肯定与扶植。

文化体系的自我纯净与包容性自不待言。如前所述，当下的文化现状杂芜而混乱，那么，假若要葆有其生命力与创造力，就必须拥有自我更新与沉淀的新体系，不妨说，“只有使过去复活，一个民族才能复活”（参阅扬·阿斯曼：《文化记忆》，金寿福、黄晓晨译），同时，在吸纳新的质素的同时过滤旧有的文化渣滓与涌进来的不好的病毒，如此方能滋润民众的心智，构成一个民族强大的精神支柱。如此，文化则不以唯我独尊的强势与霸道自居，而对于诗歌这个独特的“异类”才能在包容中具有引导的资格，消弭不恰与敌意，吸收有效的诗学营养，从而在诗人、诗歌主流的自我融合与文化的融合及其相互认同中建构一个庞大而复合的优良、合理的文明系统。

尽管在弗洛伊德那里，对于文化与文明并不屑于作出区别，但在对于诗歌的文化意义的考察中，其概念总是偏于文明这个向度。那么可否如此界定其差别，即文化含有了文明的全部，而文明则是文化中最富生命力的优良基因。不妨说，文化的根基在于文明的积淀，而诗是文明的要素，如此，诗的强盛则对文化的改变、推动与粹化有着根本的作用。诗歌向来都是第一位的、主动的，当诗人以其深厚的文化积累穿透诗歌，给予诗内在的灵性与神性创造时，这就意味着布罗茨基在评价曼德尔施塔姆时所标示的当属于“个人的文明”，甚或就主题而言“再现了我们文明的发展过程”，并说明诗人并不是一个“文明化了的”诗人；他实际上是一个为了文明和属于文明的诗人（参阅布罗茨基：《论曼德尔施塔姆：文明的孩子》，刘文飞译），这就意味着所有优秀的诗人及其文本就为发明、激活与更新现有的文化机理做了一份贡献——哪怕仅仅是微弱与微不足道的。我想起艾略特一个著名的论断：当新鲜事物介入之后，体系若还要存在下去，那么整个的现有体系必须有所修改，尽管修改是微乎其微的。于是每件艺术品和整个体系之间的关系、比例、价值便得到了重新的调整；这就意味着旧事物和新事物之间取得了一致。谁要是赞成关于体系、关于欧洲文学、关于英国文学的形式的这一概念，谁就不会认为这种提法是荒谬的，即在同样程度上，过去决定现在，现在也会修改过去。认识了这一点的诗人将会意识到任重道远（参阅艾略特：《传统与个人才能》，李赋宁译）。可以看出来，诗人（诗歌）的作用与传统（文化）的辩证关系是能动的与相互的，在此背景下，众多诗人及其诗篇就会成为合力，参与并决定着文化的构造与方向，而已经存在的文化也会对于诗歌的写作有所掌控，比如诗人对于传统的继承与吸收意义上——传统文化在某种程度上也具有引领与决定性。中国现代文化与汉语诗歌的关系也理应如此。或者说，中国现代文化只有在开放中，吸纳更多的文明元素——其中包括优秀的诗歌资源——那来自灵魂深处的力量和一份独异的精神文化财富，从而参与到当代文化有效的建构与发展，以期影响到大众的思想与社会实践中，那么，作为人类存在的基本条件——文化强大了，真正的民族复兴才更有可能健康而尽快地到来。

（录音整理　王治娟）

“质文代变”与反讽

宋琳

未来谁将会敲破谁的参差，将背反的厄运等候？

——钟鸣《发布王》

一个时代被他判处极刑。

——蒙晦《绿雅园的骨灰——纪念居伊·德波》

诗歌的求变往往肇始于诗歌语言的危机，那危机简单说，是词与物的符号学关系（即能指链）断裂造成的，倘若将惠施“指不至，至不绝”的悖论公式对应于语言运作，则意味着词永远无法抵达物，诗歌永远追不上现实。于是，不及物写作的转向便是在语言游戏的规则之内实现“话语的孤立”（马拉美），诗歌据此划定了自己的言说边界。这一始于象征主义的观念，在20世纪哲学的语言学转向中大受重视，维特根斯坦“我的语言的边界，就是我的世界的边界”的著名陈述将不可说归之于沉默，这样一来，沉默作为不可说者便成为本质性的东西，也就是说，言说有其起始和终点，正确的做法是止于沉默为其划定的边界。不及物写作寄托于语言的内在的丰盈，不断地尝试形式的翻新以臻无意义之极致。这一写作策略认为，文本之外没有世界，即诗歌是非指涉性(non-referential)的,其征候是我在《诗与现实的对称》一文中所概括的“语言幽闭症”。

当代诗在观念与方式上大异其趣,表面的活跃(就写者众多而言)掩盖了一个事实:诗在一定程度上正蜕变为降格的娱乐,而离张枣理想中母语的“自指的庆典”相去甚远。马拉美在《诗的危机》一文中说:“有趣的是,危机与其说潜伏在停顿和群龙无首的诗学处理上,不如说潜伏在我们空白的精神状态中。”“群龙无首”的原文“interrégne”直译为“王位空位期”,显然是用来比拟诗歌失去了主导性这一状态的。如果我们移借“王位空位期”这个词来描述当代汉诗写作的部分现状,那么它既影射了能够产生新潜能的主体的缺席,也影射了对象的缺席。在同一篇文章中,马拉美提出“把创造性让给词语”(Cède l'initiative aux mots),这几乎是马拉美诗学理想中解决诗歌危机的宣言。俄国“诗语研究会”和“莫斯科语言学小组”是在马拉美逝世十多年后成立的,它们的研究将马拉美的诗学理念朝向形式主义放大了,其中“诗语自足体”“陌生化”诗学观可以归属于马拉美的遗产。

马拉美的求变基于如下的判断:“法国诗在演变到今天的过程中断断续续地证明:它辉煌了一个阶段,它把这种魅力耗尽了,正在等待完全熄灭,更确切地说是乏旧到了一定程度。”(同上)而他的方案是“在准确的意象之间建立起一种关系”(同上),由此可见,对雨果式浪漫主义诗风的不满,乃是因为浪漫主义神祇们不知道“诗的形式本身显而易见也是文学”(同上)。马拉美的片断言说经由他的弟子瓦雷里发展成系统的象征主义理论,进而产生“纯诗”观念,对中国现当代诗的影响不可谓不大。

“纯诗”在瓦雷里那里有一个更好的说法,即“绝对诗”,他同时承认这种“完全除去非诗成分”的诗是“一个无法达到的目标”(参阅瓦雷里:《纯诗——为一次讲学所做的笔记》)。所谓“非诗的成分”指的是散文。“一切肯定和表明他不是在用散文体说话的东西在诗人那里就是好的。”(参阅瓦雷里:《诗歌问题》)当然,散文的实用性是为“纯诗”所坚决反对的。为了确立抒情性而剔除的“非诗成分”中自然也包含了散文或叙事文学的史诗因素,这是在亚里士多德的《诗学》中就已开始的区分:“诗人的职责不在于描述已发生的事,而在于描述可能发生的事。”我认为亚氏的“虚构论诗学观”正是“纯诗”观念的基础,尽管据说“虚构”这个词最早出现在罗马法中,指法律性虚构文本(参阅厄尔·迈纳:《比较诗学》)。

毫无疑问,想象力是一种虚构能力,问题是诗歌中的情感是否是虚构性的?幽闭于自足形式的不及物写作我曾用“符号空转”形容之,其实阿多诺早已发现这种表达的危机:“意义被主观化态势所抹杀,这虽非思想史上的偶然事故,却反映出当代的真实状态。”(参阅阿多诺:《美学理论》)诗歌的自我定义的主观化带有文本乌托邦的性质,文本主义的隐秘乐园只能以“去现实化”(derealize)来担保,此时,主体并不能对体验的萎缩做出担保。扎加耶夫斯基在诗学随笔《反对诗歌》中写道:“在法国,几十年中抒情诗一直将其功能理解为一种方法论上的独白,对‘诗歌是否可能’这一问题没完没了的沉思。”这种与世隔绝的、自恋的状况在他看来,就像一个不再缝制衣服的裁缝,却终日冥想那句阿拉伯谚语:“针给无数人缝制好了衣服,自己却一直光着身子。”针对米沃什、扎加耶夫斯基等东欧诗人对当代法国诗歌的批评,法国哲学家雅克·朗西埃是这样回应的:“人们用东方的诗歌来反对西方的诗歌，它能够在它自我的斗争中保留抒情的传统，保留人文主义的史诗气息，而西方诗歌矫揉造作，已经被马拉美式的形式主义与神秘主义律令弄得疲惫不堪。曼德尔斯塔姆的经验表明，这样一种划分是一种骗人的把戏。”（参阅雅克·朗西埃：《词语的肉身：书写的政治》）曼德尔斯塔姆的诗《世纪》甚至成为阿兰·巴迪欧的同名哲学著述的思考起点，无独有偶，阿甘本在《何谓当代人》一文中也援引了这首诗。“抒情的传统”与“人文主义的史诗气息”正是在“我的世纪，我的野兽；谁能够/窥见你的瞳孔，谁能够用自己的血去黏合/两个世纪的椎骨”这具有神力强度的诗句中回响着。中国现代诗肇始以来的观念嬗变颇受来自法国的影响，经由梁宗岱、戴望舒、卞之琳等的译介，symbolisme，décadence（周作人译为“颓废”，张克标、方光焘干脆音义双关地译为“颓加荡”）在20世纪二三十年代诗人的写作中已发酵和孽乳出相当成熟的现代诗风，我在《新诗的百年孤独》一文中对此有所涉及，对形式的关注成为主流是新诗滥觞时期现代性缺席的焦虑，这里不遑细说。

从“怎么写”和“写什么”可以梳理出一条诗歌史的线索来，当代诗自朦胧诗一代始，在经历了新文化运动以来民国现代诗小传统的数十年断裂之后重新接续上了文脉，诗歌从简单的政治标签过渡向人性的表达。朦胧诗虽然有别于官方的政治诗，但官方格式化的话语方式仍残留于文本中，随后兴起的第三代诗歌运动整体驳杂，有较大分化，且观念各异，由于有着同西方现代主义思潮的广泛接触，加之全社会对“文革”的清算已形成共识，各派代表性诗人尽管语言路向不同，都对新诗的形式建构投入了最大热情——“潜心做着语言实验”（参阅张枣：《秋天的戏剧》)，可以说，从集体主体性中脱离出来，开始建立起个人主体性是第三代诗人实现的一个关键性的诗学转向。“怎么写”和“写什么”的问题如同“言志说”与“缘情说”的一个当代翻版，对此刘勰看得很清楚，他说“时运交移，质文代变”(《文心雕龙·时序》)，又说“文变染乎世情，兴废系乎时序。原始以要终，虽百世可知也”(同上)。“质文代变”准确地概括了诗歌(文学)风格的变化始终是在一个时代对另一个时代的纠偏和争执中进行的，现代诗史与当代诗史的变迁重现了这一规律。孔子对质文之差异的描述是:“质胜文则野，文胜质则史。”(《论语·雍也》)引申言之，“野”即修辞之匮乏，“史”乃修辞之过度。刘勰将此分辨用于对时代风气交替更迭的观察，并从中透露出他的历史诗学观，即诗道的兴废是同历史推移之时运密切相关的，而风气的振荡表现为修辞态度及风格的变化，这与维谢洛夫斯基“修饰语的历史就是一部缩写版的诗歌风格史”(参阅维谢洛夫斯基:《历史诗学》)的看法颇近似。

个人修辞的主体意识一经确立，剩下的就是如何面对个人话语与公共话语的关系问题，这也是修辞之难的问题。陆机《文赋》有言:“每自属文，尤见其情。恒患意不称物，文不逮意，盖非知之难，能之难也。”意、文、物的三段论比之词/物、能指/所指的语言二重性范式多了一个层次。在对现代性的追求中，人们往往接受“怎么写”比“写什么”更重要的指令，既然能指与所指的符号学关系是任意的，那么不及物写作的“放荡为文”就是唯一的言说路径，且既然写作最终是不断地制作词语的灰烬，那么取消深度模式，以便在事物的表面留下符号的痕迹，如马拉美所说“实现话语的孤立”，终以形式主义为旨归。诚然，形式的不断更新本是“质文代变”的一种标志，而历代诗歌从四言、五言、七言、律绝、长短句的诗体变化都经历了数百年，可见形式总是相对稳定的。直到新文化运动兴起，自由诗诞生，才有了胡适所谓“诗体的大解放”。自由诗没有可公度的形式，是故想怎么写就怎么写，符合现代性标准（如果有一个标准的话）的“怎么写”依旧是一种推陈出新的预设。

没有可公度形式的自由诗似乎难度更大了，艾略特就谈到这一点。难度在哪里呢？我以为主要在于“意”，即兼有诗人关于诗言说什么的意识和文本的意识。对于诗人而言，“怎么写”永远不可能取代“写什么”，恰恰是后者先在于前者。首先，诗之变的诉求是从写作的现状中生发出来的。《诗大序》云：“至于王道衰，礼义废，政教失，国异政，家疏俗，而变风变雅作矣。国史明乎得失之迹，伤人伦之废，哀邢政之苛，吟咏情性以风其上，达于事变而怀其旧俗者也。故变风发乎情，止乎礼义。”这段话是对《诗经》从正经到变经的原因的一个阐释，它表明，在《诗经》时代，汉诗发轫之初，先贤认识到诗歌从赞美到反讽的变化是与治乱的得失相关联并同步发生的。郑玄在《诗谱序》中谈美刺，曰：“论功颂德，所以将顺其美；刺过讥失，所以匡救其恶。”而诗歌的美刺之功能实于《春秋》中已提出，如言“美恶”“褒贬”。孟子说：“王者之迹熄而《诗》亡，《诗》亡然后《春秋》作。”又言：“颂其诗，读其书，不知其人，可乎？是以论其世也。”孟子可谓“知言”，在他那里，诗道与世道是互相发明的，如今我们说诗歌的见证即是此意。见证什么？当然是诗人所处的时代，此即“以诗证史”和“诗史互证”之论的来源。有一则轶事说：高叟认为《小弁》是“小人之诗”，孟子问：“何以言之？”高叟答道：“怨。”孟子以为他不懂诗。因为怨刺或风谣往往有不得已存焉，司马迁论屈原："信而见疑，忠而被谤，能无怨乎？屈平之作《离骚》，盖自怨生也。"怨是一种态度，一种消极自由的情感，高洁之士遗世独立，与浊流不合，与恶世的黑暗相抵牾，针对班固说屈原"露才扬己"，王逸引《诗经·大雅·抑》为其辩护，诗曰："呜呼！小子，未知臧否……匪面命之，言提其耳。"

孔子将诗的修辞及其功能总结为"兴、观、群、怨"。其中的"怨"乃是讽谕的情感基础。由于"温柔敦厚"说被历代奉为诗教之本，诗歌修辞中的反讽则往往因不合中庸之道、中和之美而一直未得到充分阐发，虽然美刺之为用在一些时期得到容忍（如唐朝），白居易自叙其乐府诗，关于美刺者，即谓之讽谕诗。然而，作为道教学者的葛洪在《抱朴子》中就已指出："古诗刺过失，故有益而贵，今诗纯虚誉，故有损而贱。"葛洪是东晋时人，可见他意识到在他所处的时代，变风变雅的反讽之高贵的"史诗气息"已然式微，至于他对同代人的评价是否公允另当别论。反讽作为修辞，借用王国维的概念，即"主观之运用"，克尔凯郭尔在《论反讽概念》中进一步将消极自由赋予反讽主体："反讽是主观性的一种规定。在反讽之中，主体是消极自由的，能够给予他内容的现实还不存在，而他却挣脱了既存现实对主体的束缚，可他是消极自由的。作为消极自由的主体，他摇摆不定地飘浮着，因为没有任何东西支撑着他。"消极自由之于反讽主体同时意味着一种道德勇气，"刺过讥失，所以匡救其恶"是需要道德勇气的。

扎加耶夫斯基在另一篇诗学随笔《捍卫热情》中比较了热情与反讽："只有热情才是我们文学建筑的基础材料。反讽，当然不可缺少，但它只是后来的，它是'永远的微调者'。""当反讽占据一个人思想的中心位置时，它就会成为‘确定性’的一种背反的形式。”我听说在古希腊，反讽相对于作为神话载体的史诗和英雄颂歌确实“只是后来的”，根据克尔凯郭尔所说的“反讽概念与苏格拉底同时诞生”（参阅克尔凯郭尔：《论反讽概念》），即反讽运用于思辨是哲学的一种发明，而“热情显然与拉罗什福科在知性领域内所说的‘理性的高烧’（La fievre de la raison）相对应”（同上），这里指苏格拉底和亚尔西巴德之间的爱情。我认为扎加耶夫斯基此文是对诗歌的一种委婉的辩护，在他那里，反讽在“与下判决的人”“作对”时有可能产生悖反，因为始于怀疑之不确定的反讽本身又是追求“确定性”的，而诗歌之美、神秘与神圣要比“彻底的反讽”（参阅齐奥朗：《笔记》）更长久。反讽在中国诗中的运用，以《诗经》为例，诸如《相鼠》《十月之交》《巷伯》《板》《荡》等变风变雅之作虽然比正经要晚，却比已知先秦哲学的活动要早。《史记·孔子世家》载，孔子删诗之前“古者诗三千余篇”，而其所以流传，与周代的采诗制度有很大关系，采诗以知民情，观风俗之盛衰。钱穆认为孔子删诗之说不可信，“是孔子时诗止三百”，并反问道：“《诗·小雅》，大半在宣幽之世，夷王以前寥寥无几，孔子何以删其盛而存其衰？”（参阅钱穆：《孔子传》）结合孟子“王者之迹熄而《诗》亡，《诗》亡然后《春秋》作”，以及孔子作《春秋》是因为“世衰道微”的说法，我们大抵可以推测孔子“何以删其盛而存其衰”的用意所在，即他对变风变雅的价值认同：以其“可以观”和“可以怨”。从孟引夫子自述“其意则丘窃取之矣”，则知春秋笔法源于《诗经》之褒贬、美刺，其意甚明。总之，西周末年周厉王、周幽王之政教失，所以才有“十五国风”与“二雅”中讽谕诗大盛的局面。反讽是否一定与热情对立？我们能否从“变风发乎世情”的古代陈述出发，确证反讽是一种消极自由的道德情感？进一步地，我们能否大胆假设：即从语言的形而上学起源中发现反讽与巫术之诅咒的关联？

称诗歌是一种语言的艺术，即意味着语言这一古老的文明载体自从发明出来就具有某种神秘功能，换句话说，语言的诞生本身充满了神秘。如果“太初有道”与“太初有言”是同步发生的，那么“道”一开始就寓于“言”之中，而从词源学上，汉语中的“道”本有言说的意涵。维科从各民族口述和书写历史中发现，诗是最早的文学样式，由此提出存在着一种同源现象，他将之概括为“诗性智慧”。我认为这是一个了不起的发现。但有关语言起源的问题迄今仍然是个谜，孔狄亚克、卢梭、赫尔德都试图揭示这个谜。关于巫术之卜筮功能，《礼记・曲礼》说：“筮者，先圣王之所以使民信时日，敬鬼神，畏法令也。”而卜筮活动中之“引诗为占”，《周易・系辞传》曰：“系辞焉，所以告也。”“设卦以尽情伪，系辞焉以尽其言。”或可佐证古代巫术仪式中语言与诗的同源。阿甘本对作为元语言事件的誓言的研究，将语言起源的假说向前推进了一步。在《语言的圣礼：誓言考古学》这部书中，阿甘本提出，是誓言最初构建了词与物的关联，神的名称与对应事态的关联，在起誓中，诸神作为见证而被召唤，誓言的诅咒功能必须借助神力发挥作用，《伊利亚特》的开篇“让宙斯见证这个盟约”即被称为“伟大誓言”。我们可以列举中国古代文献中誓言的例子来补充说明这种语用的特征。《尚书・汤誓》：“夏氏有罪，予畏上帝，不敢不正”；《尚书・泰誓》：“天矜于民，民之所欲，天必从之”；《诗经・大雅・大明》：“殷商之旅，其会如林。矢(誓)于牧野：‘维予侯兴，上帝临女，无贰尔心！’”这里，起誓是以

“上帝”与“天”的名义进行的，商王与周王的征伐行为通过如此这般的誓言获得了来自神灵的咒力，只有召唤神之名，才能施行对某物的诅咒。阿甘本说：“诅咒是誓言中最根本的部分。因为誓言的这个最基本方面是以最纯粹也最强烈的方式被表现的，诅咒的誓言也被认定为最有力的誓言。诅咒就是誓言的根本与渊薮。”而诅咒恰也是诗歌的一种古老的“最纯粹也最强烈的”表现方式，例如《诗经·相鼠》：“相鼠有体，人而无礼。人而无礼，胡不遄死”；《汉书》所录古诗“千人所指，无病而死”等，所在多有，而《小雅·巷伯》中那个被陷害的寺人孟子的诅咒：“取彼谮人，投畀豺虎。豺虎不食，投畀有北。有北不受，投畀有昊！”是多么愤怒，简直可以称为“巨大的诅咒”了。

如果说誓言可能因窃取上帝或诸神的名义而成为伪誓，这在极权社会的政治话语中已是常态，置于综合景观中的人几乎对符号幻象失去了觉察，那么诅咒应包含对伪誓的反讽，或者说，现代反讽应收回语言的源初诅咒这一巫术的诗学遗产。吊诡的是，反讽本身也是一种破咒——官方政治话语之咒。反讽并不抛弃悖论，相反，悖论正是反讽需要的且使它避免了直指的确定性，诗歌中的反讽依然可以借助隐喻、寓言、俳徘、历史碎片或神话原型，而且并不必然不“斟酌于声调”。写过“只要哪里有压低嗓音的谈话，/就让人联想到克里姆林宫的山民”这样诗句的曼德尔斯塔姆，也写过：“还是当你的泡沫吧，阿芙罗蒂德。/而，词语，请你回归音乐。”似乎这是对“用声音工作”的一个呼应（曼曾自矜地说：“整个俄罗斯只有我一个用声音工作，而周围全是些涂鸦。”）。我认为对它进行所谓神秘主义祛魅的解读于事无补。这里，与其说是对女神阿芙罗蒂德施咒，不如说是对已为陈迹的指称物的施咒，在所指与能指的任意关系（索绪尔）中，“泡沫”（能指）不是取代了“阿芙罗蒂德”（所指），而是再度命名了她。“水被作为诸神的誓言”（参阅亚里士多德：《形而上学》），“太一生水”又“藏于水”（参阅《郭店楚简》），而阿芙罗蒂德就诞生于水中。

从象征主义诗学演化而来的“文本之中并无所指”的观念实际上基于诗歌与世界的同一性的意识，象征次序与世界次序被置于同一性的框架之中，我所说的文本乌托邦即是被乌托邦化的世界次序的投射，它只与白日梦对应，不与历史维度中的现实对应。反讽是同一性世界的否定，反讽主体看到的是一个有巨大差异性的现实。诗中的反讽技艺对于具体事物而言可以是“微调者”，但“根本意义上的反讽的矛头不是指向这个或那个单个的存在物，而是指向某个时代或某种状态下的整体现实”。（参阅克尔凯郭尔：《论反讽概念》）引申言之，反讽扬弃孤立的美学观照，而将审美问题与书写伦理结合起来。在克尔凯郭尔的美学、伦理、宗教的三种境界中，美学处于最低位置。“‘美学境界’作为明确的绝望而变为客观上被罚入地狱的层次；它上面的边界地带叫作‘反讽’。”（参阅阿多诺：《克尔凯郭尔：审美对象的建构》）这让我想起拉罗什福科的一句话：“当我们的人格降低时，我们的趣味也跟着下降。”（参阅拉罗什福科：《道德箴言录》）另外，反讽将独白式的单向度话语变成多向度的对话并以此扩大或超越“语言的边界”，策兰的《语言栅栏》正是基于两个人之间那种被话语隔绝的世界而设置的潜在对话的戏剧性情境：“若我如你。若你如我。/我们不都曾经/站在一阵信风里？/我们都是异乡人。”而迫使“两个/满口沉默”的东西就是作为你我边界的“栅栏”。孟浪的《语言公墓》则指向整体沉默对说话者的伤害以及公共语境本身因失语而受到的更大的伤害：

语言可怕地沉默着
说话的人捂住嘴
他已经受伤。

到处是完整的句子
完整的意思
没有人表达
说话的人在承受。

到处是无意义的
车轮的滚动声
一系列乘坐者平稳
语言在身体里
说话的人凑上来察看伤口。

他在人声鼎沸的马路上
他在语言公墓中。

（1989）

诗中那个“说话的人”或许是符合消极自由之反讽主体的诗人角色，以修饰性类比的方式，“语言”被转化成某种先在性的东西——沉默，“语言公墓”乃是语言之死的一个隐喻，注意，它也是人之死的一个转喻，因为“语言公墓”是携带在人身上的，当“完整的句子/完整的意思/没有人表达”，人就等同于死亡。“说话的人”因这种普遍的死亡/冷漠而受伤，他的捂嘴可以理解成对抑制性力量的自我防御，然而，倘若仅止于此，反讽过程的时间性尚未完成。“讽喻符号所构成的意义就只有在重复（从克尔凯郭尔使用该术语的意义上讲）中，由它永远不会与之相符的一个先前的符号构成。”（参阅保罗·德曼：《时间修辞学》）所以，当“语言”沦为“公墓”，说话便是使语言复活的危险的救赎，“说话的人”从“捂住嘴”和内心的“承受”中挣脱出来，将目光投向屈服于惯性力量的“平稳”的“乘坐者”，发现沉默已在他们未曾觉察的盲目中制造出“伤口”——用来说话的嘴因缄口而成为伤口。他“凑上来察看”，并不顾自己本是被来自那些身体的“可怕的沉默”所伤，这一行动无疑具有英雄主义的色彩。

反讽主体应该成为个人话语与公共话语的中介，《语言公墓》这首诗的命名正是对话语的公共性压抑私人性的一种反讽。诗虽未给出某个历史事件的具体细节，倘若认为这首诗的“文本之中并无所指”则要么是无知，要么是有意的曲解。相反，它本身构成了隐微写作的一个元诗事件。居伊·德波在揭示现代社会被颠倒的真相的哲学著述《景观社会》一书中说：“景观是现行秩序在其自身之上保持的不间断的话语，是对自身的赞美性独白。”置于景观社会之中的当代诗人如何对这种“不间断的话语”的“持续在场”（présence permanente）作出回应？是加入“赞美性独白”之中而成为古人所谓“风雅下游”的“诗佣”，还是深刻地洞见其渊薮，并坚定地站在真实一边？德波在《景观社会》出版

21年后发表的《关于景观社会的评论》一文中补充说："对于景观统治而言，首要的是普遍地根除历史知识。""事情越重要，就越要对其进行隐藏。"由此观之，诗在我们的时代若只满足于形式的自足，则可能完全丧失精神的自主性，因为诗不去反讽景观的虚假性，将历史真相召唤进文本中来，就要成为景观的附庸。

专辑：
诗人与时代
Special topic

一份提纲：诗还有未来吗？

黎衡

诗，与文、赋、词诸体相对，在中国语言里源远流长。新诗是诗的金蝉脱壳，是对诗的僭越与重塑。百余年前，新诗降生，至少有三重动力：文学的庶民化，现代主义观念的萌生，生活世界的再造。可惜，庶民化冲动几乎构成诗的悖反，尽管在广场上、革命中、文艺腔的歌词里，似是而非的诗也会一鸣惊人，但更多时候，精英文化不是下沉，只是演变为无限衍生的分众的一项封闭趣味。一天，有个开民宿的朋友问我："我不知道你们写诗的人有多少？但我知道中国玩摄影的有 8 000 万。"这个提问方式非常有趣，在他看来，写诗与摄影、徒步、组乐队，甚至遛鸟、书法、古玩收藏没有区别。但至少在回应观念的革新与生活世界的再造方面，新诗无疑是对古老技艺的激活，"新"是它的限定，也是它的动力和使命。新诗应当极度敏感于时代，才不至于沦为陈腐的、价值可疑的文类。当然，要非本质主义地去认知所谓"时代"，它不是意识形态或资本逻辑的喧嚣，不是纪年的切分与威权的裁决，毋宁说，它是没有边界的流体，是知识氛围与技术处境的弦外之音，是加速中某种迟缓的气息，它并非未来的仆从，很可能在不断发明传统——与技术进步主义不同，语言是文明的产物，是一个影子的收集者。

流动的汉字与亚洲主义

有一次参加某个在国内城市举办的“国际诗歌节”，主办方要求提供几首被翻译成英语的诗，到了朗诵会现场，我才知道与会的国际友人是几位日本和韩国诗人，并无任何西方人在场。朗诵会之后的小型沙龙上，主办方又要求中日韩三国诗人签下自己的汉字名字，它提示了我们同属“汉字文化圈”，但交流的国际语言是英语。实际上，身在广州，更让我意识到汉字的文言分离特点。广东话、潮汕话、客家话与普通话是彼此无法沟通的四种语言，但汉字的“世界性”正在于它的文言分离。日本的假名与韩国的谚文为追求文言一致而发明方块的表音文字，长期作为汉文的辅助，汉诗传统也长期存在于日本、韩国、越南古代的文人中。西夏文、契丹文、女真文、壮字、女书也是汉字文化圈的不同文字变体。

从拉铁摩尔探究“中国的亚洲内陆边疆”重新浮出水面，到葛兆光厘清“历史中国的内与外”，姚大力“追寻我们的根源”，孙歌“寻找亚洲”，与傅斯年那代历史学家于民族危亡之际进行竞争性地历史建构不同，当代以及未来的国人，应更自信、从容、理性地认知我们的历史和文明，才不至于被狭隘的文化民族主义话语所限制。

中国的港澳地区、台湾地区，以及以新马为核心的南洋华人社群，在繁简之间、横排竖排之间、不同的拼音方案之间展示了汉字的诸种可能。虽然汉字使用者主要集中于东亚，但按人口论，绝对人数远超英语、法语、西班牙语、阿拉伯语、印地语、泰米尔语等语言。

在首尔的国家博物馆，我看到亚洲厅“Asia”下面对应的汉文是“东洋”，这是朝鲜半岛的汉文传统；在东京由安藤忠雄设计的 21Design 美术馆，我看到的一个昆虫展上，陈列了一面墙的“虫”字旁汉字，日本人将其视为自己的文化符号。日本人爱吃鱼，创制了很多“鱼”字旁汉字，现在日本的苹果电脑可以打出 160 个“鱼”旁汉字，虽然大部分他们自己也不会读。

汉字不仅是世界性的、涵纳多元的语言空间，还被理解为一种与自然同构的原型和符码，《文心雕龙》原道篇开宗明义：“文之为德也大矣，与天地并生者何哉？……为五行之秀，实天地之心，心生而言立，言立而文明，自然之道也。”

也许，我们需要重新建立一种知识感觉，在化欧与化古之外，将汉字与中国的文化民族主义解绑，感知到它的世界性、开放性、可能性。因为中国是一个巨型国家，我们常常陷于中西的二元思维，而失去了对亚洲的连带感。实际上，拿出一张人民币的纸币，就能看到上面的文字不仅有汉字，还有拉丁化的汉语拼音、壮语，有回鹘式蒙古文、由梵文创制的藏文、用阿拉伯字母拼写的维吾尔文。中国是一个同时与东亚、西亚、南亚、北亚接壤的广土众民之国，这从货币上的语言文字就可认识。在这个意义上，我所说的亚洲主义，是既反对西方中心，也反对中国中心的去中心化，在多元一体的大中国之内，去触摸和发掘多元，在国族之外，去认知汉字传统的世界性和旁逸斜出。也只有在去中心化的意义上，一个中国的或亚洲的世纪才是值得期待的，不是以一种沙文主义取代另一种沙文主义，这当然既需要对传统承继，也要扬弃与再阐释。需要发现周边，发现亚洲。我们聚焦于西方太久了。

媒介，科技，赛博空间

媒介与语文演变的关系，是一个极大的课题。甲骨文、金文、碑刻、匾额、楹联都提示了媒介。木简无疑影响了汉字的书写顺序和思维方式。而在中东与欧洲，莎草纸、羊皮卷则是另外的景况。21 世纪以来，电脑普及，大部分作家和诗人由手写改为打字。就我个人来说，除了在高中阶段用手写创作，后来几乎完全仰赖电脑，虽然学过五笔输入法，但很快改用了更便利的拼音，这带来了一系列问题，比如电脑的字库很可能限制我们，生僻字被拼音的排序驱赶，而以声音来代替字形思维，会在多大程度上影响写作的随机性，还很难判断。从发表的角度来讲，网络解放了诗歌，纸媒和刊物的权威性很大程度上被瓦解了，包括民刊也迅速成为遗物。从阅读的角度讲，网页端到移动端的互联网和电子书，包括近年迅速成熟的拟真度极高的朗读功能，极大地改变了我的读书习惯，这堪称新世纪的古登堡革命。我没有纸书崇拜情结，一方面，很多书并无反复阅读的需要，另一方面，纸书的整理、搬运令人不堪其苦。两百年前，书价极高，私人拥有数百册图书已相当不易。放在一个更长的历史时段来考察，以印刷品为主的文学和知识储存方式，很可能是昙花一现。

汉字的电子化提高了输入效率，也导致我们的记忆迅速衰退，智能手机和互联网无疑已成了记忆器官的延伸，因此，脑机连接并非不可想象，实际上正在预演。另一个不容回避的话题是人工智能。小冰的诗还非常糟糕，包括其他一些写诗软件，我看了之后发现大都是拼贴意象，根据它学习的诗歌库，寻找修辞规律，进行词语的重组。我讥笑人工智能可以造出一个新奇的比喻吗？诗歌中的暗喻、转喻可能建构十分复杂的语义系统，融合经验、认知、想象，安置于一个声音装置。换句话说，任何一个新奇精妙的比喻，都是一次创造。人工智能目前的工作机制还是模仿，把语言的规律还原为数据、算法。但它的模仿能力已相当了得，我上过一位在 TED 演讲的外国人提供的网站，随机给出一些英文诗，让人猜是诗人写的，还是人工智能写的，我的错误率不低。这其实也不奇怪，尤其是只看片段的话，一些实验诗人的诗语言破碎、句法奇异，而人工智能要原创很难，但集中模拟某个大师的片段，绝对能以假乱真。有人用人工智能模仿巴赫的风格作曲，成功骗过了交响乐观众，事后才公布真相。很多观众得知被骗后勃然大怒。问题是，在现场给出掌声的人，是不是正暴露出人类的傲慢？也许，人工智能至少可以淘汰一批像机器一样写得毫无原创性而尽是陈腔滥调和套路的诗，淘汰一批缺乏感情深度和细节精确性的诗。但将来的超级人工智能会如何发展，还很难预料，至少我还不相信它能写出伟大的长篇小说，这同时也鞭策我们思索，诗是什么？诗的修辞和编码能被数据化吗？诗歌这样的技艺，到底多大程度上关乎智力的推演、操练，多大程度上是不可还原的意志？既然古典乐和围棋已被攻克，我们还能沾沾自喜多久？

硅基生命已然打破了碳基生命对智能的垄断。同时，现实的定义也被改写。居伊·德波在 20 世纪六七十年代谈论景观社会来临时说，我们不仅被自身的创造物异化了，同时被创造物的表象二度异化，在他那个时代，这个表象也即景观，更多表现为资本主义社会侵入性的电视和广告。今天，景观社会的拟像更是借助无处不在的屏幕、流媒、直播现身。一个幽灵，一个赛博空间的幽灵正在现实世界游荡。我们的诗歌如何应对现实的叠加：自然的，工业的，后工业的，虚拟化的。杜甫、王维和《红楼梦》当然是永恒的遗产，但它们唤起的乡愁也是挽歌的终曲。

诗歌作为无限生长的建筑

在圆明园遗址，大部分建筑灰飞烟灭，但在荒地上留下了对建筑的命名，比如“汇万总春”。建筑以物理形态追求不可磨灭，文学的努力则相反，用文字来编码想象中的建筑与地形，因抽象而难以毁坏。《秋兴八首》是对三峡的形构，内嵌了许多诗词的《红楼梦》建筑学，令许多园林研究者沉迷。《神曲》的空间关系精密而难以复现，《追忆似水年华》是对贡布雷、巴黎、巴尔贝克的勘探，《尤利西斯》是都柏林的城市赋格，类似卡尔维诺的《树上的男爵》《看不见的城市》以及博尔赫斯的《通天塔图书馆》，是关于空间的音乐。如果未来我们将栖身于赛博空间，杰出的文学想象其实是对瓦解的真实的一种超越。

近几年，我写作的主题，其实也隐含了对前述问题的关切。《南方，魔方》写中国大陆北回归线附近以及港澳台地区、南洋的城市，但这不是游记或风景的橱窗，而是精神状貌的电路图。我写了十几首，这一主题并未关闭，还可以继续生长。《珠江异客》写南北朝时的达摩、唐代的宛葛素、明代的利玛窦从珠江口登陆中国，也携带着禅宗、伊斯兰教和耶稣会的世界拼图。《飞行》是从广州乘飞机去往东南亚、西亚、欧洲的夜航与发现。《眼镜监狱》是与塔可夫斯基的7部半电影对话，像坂本龙一虚拟为老塔的电影作曲配乐一样，虚拟为他的影片配旁白诗。我的兴趣并不是向一位导演致敬，而是试图让文学与作为综合媒介的影像并置，产生一种交互性。老塔曾多次在他的影片中引用其父亲的诗。鲍德里亚理解的后现代空间，不是地图模拟地形，而是地形模拟地图。《合照：2001》经由我的一幅家族合照，复现照片背后的记忆景深。这张胶片摄影在21世纪之初、我的少年时代拍下，也像一个时代的分水岭。在比喻的意义上，诗歌作为无限生长的建筑，在于它精密的结构、美学的势能以及在媒介对话中作为锚点而显现。我的写作从即兴的短诗向长诗和系列诗转移，便是将诗歌理解为这样的建筑。如果说短诗是一爿盆景、一件饰物，长诗则是包含了它们的建筑。如果说短诗是一件艺术品，长诗则是一场展览。如果说短诗是烈火烹油的小炒，长诗则是流动的筵席。旧体诗的整饬、音律、对偶营造了螺壳里的风暴，我们已失去平静的海螺。尽管新的诗歌建筑，也许只是潮汐中的沙塔，但也可以这么理解：这是不可胜数的语言之沙对沙塔的一次叙述。

诗歌何用?

——从夏可君《无用的文学》而来的讨论

张伟栋

一

在今天的时代,如何走向一种崭新的诗学,未来的诗歌如何可能?诗歌如何借助历史的势能、主体的觉醒、言语契机,也包括艰难或危机的情势孕育出新的音调、韵律以及隐喻的构造?夏可君的著作《无用的文学》为这些设问提供了两重启示,其一在于,《无用的文学》对历史的总体性把握,这种把握着眼于现代性问题中的困境与急难,夏可君将其表述为:“内在世界的封闭性与超越世界的阻隔性。”[①]内在世界的封闭性导致其彻底的虚无化,超越世界的阻隔性意味着拯救的不可能,弥赛亚的空转,一种新的文学,“无用的文学”则致力于打破此种封闭与阻隔。其二,夏可君在《无用的文学》这本书中,通过对卡夫卡与中国道家之历史关联进行创造性阐释,向我们展示了一种新的历史想象力,道家的“无用”获得了现代性的视觉,并因此关联着新的历史诗学的可能。向来如此的是,这种新的历史诗学必须通过语

---

① 夏可君.无用的文学——卡夫卡与中国[M].桂林:广西师范大学出版社,2020:33.

言的革新带来新的感知、审美与主体，因而标记自身的独一性，并重新定义文学写作的真理性内涵。正如卢曼所说："法律是一部历史性的机器，它随着每一次运作而转变为另一部机器。"[①]文学的运转同样如此，在历史情境中变化着自身的"语言-历史"机制。

回到新诗本身的语境来说，对于大多数人而言，除了对新诗的抱怨和不满之外，并不能感受到真正的问题所在，关于一种崭新诗学的提法也被认为是荒诞无稽的。事实上，新诗自我革新的动力的确在衰减，那些曾将新诗置于论争的风口浪尖并推动新诗拓展自身的问题，皆已随着历史场景的转换而自动消解，比如关于白话诗的论争、革命文学的论争、民族形式的论争、"新诗发展道路"的论争、"朦胧诗论争"等，这些论争背后蕴含着社会与历史的矛盾，因而并非单纯是新诗的内部不同意见之间的龃龉，而是历史困境的自我展示。新诗自"朦胧诗论争"之后就退出了社会论争的舞台，1999 年的"盘峰论争"，虽然造成一定影响，但大致属于新诗内部的意见之争，在这之后，无论是社会层面还是新诗内部都没有大的论争发生，2000 年以后的新诗日益以体制化的方式禁锢着自身，所谓的体制化在于以名位和权力的层级来决定诗歌的基本秩序。那么，关于未来诗歌如何可能的问题，很大程度取决于构建新诗自我革新的动力。

从当前的角度看，以这样一个问题来试探诗歌自我革新的动力实属当然，诗歌何用？这个问题是评估当前诗歌的首要问题，因为这一问题最能够暴露出当代诗在语言、审美、历史与真

---

① 卢曼.社会的法律[M].郑伊倩，译.北京：人民出版社，2009：54.

理等方面的困境，也最能够暴露出当代诗人之间的分歧与论争，固有的诗歌成规与萌芽的诗歌元素之间的对立，诗歌体制与历史势能间的错位，以及当代诗的封闭与孤立。然而，没有诗之真理的理解，我们无法真正对这一问题做出任何回答。

二

诗歌何用？你会发现很少有人对此有充分的认知和足够的准备。但在我们的时代如何读一首诗，已经是分外艰难的问题了。或者说，在我们的时代，没有比诗更为艰难的事情，小说、艺术甚至哲学都还不能体验到这种艰难，这种艰难在于诗之真理的晦暗不明，此种晦暗中，借用海德格尔的话乃是，我们今天实际上都无法领会这个问题了，是因为我们的时代分外敌视这一问题，且拥有无数浅薄空洞却信以为真的答案。可以相对照的是，诗歌的处境与宗教类似，卢曼说："如今，宗教既不能克服通货膨胀，亦不能反对令人不满的政治换届，不能化解恋爱的纠缠，不能用来抵挡对自己的理论的科学性反驳。宗教不能跃入其他功能系统，而且只有在参与这一功能系统时，才能保持宗教的特殊的稳定。"[①]这也是诗的基本境遇，诗只有坚称自己是诗，只有坚守自己的体制，才能维持自身的稳定。与此相伴随的是，整个人文学科都处于衰落的前景中。

毫无疑问，在我们的时代，诗歌是无用的。奥登说"诗不能

---

① 卢曼.宗教教义与社会演化[M].刘锋，李秋零，译.北京：中国人民大学出版社，2009.

使任何事情发生”，是此“无用论”的基本内容；巴迪欧说“诗人的时代已经终结，策兰乃是最后的诗人”①，这是“无用论”的时代语境。无用，所谈论的并非是诗被漠视，而无法发挥其教化或美育的功能，布罗茨基所说的“诗人用间接的方式改变社会”②，所指的就是诗歌这一功用，在某种意义上，此种功用并不是诗歌本身所能给出的。我们谈论的无用乃是诗之真理的不显，是诗如同提线木偶般的（策兰语），是人工的、控制论的以及体制化的，套用拉库-拉巴特的话，“我们不必再处在诗歌的热望之中”，因为我们正失去标准，并无力于边界的拓展。

从观察可知，当代诗写作者的最大驱动力是经典化谋求，此种谋求是以挤进中国新诗史或世界诗歌史为现实考量，他们在主题、形式、内容、经验、观念、历史等方面的考量皆是旨在追求一种经典化语言，这种经典化语言在某种意义上是参照文学史上的经典文本、语言范式与审美姿态而制作的，当代诗无论在批评和写作的层面都存在对标这样一个经典文本的书写态度；另一驱动力为身份的谋求，成为一个诗人或著名诗人，意味着种种现实利益的可诉求与自我欲望的实现，或者按照霍布斯的说法，究其根本乃是对权力的欲望，所以他们在主题、形式、内容、经验、观念、历史等方面的考量是在权衡现实利益的最大化，他们的作品充斥着权宜之计和妥协投机的痕迹，他们深谙诗歌体制之道，并执着于名声的累积和权力的获取。这些人都是“无用论”的坚持者，因为他们无需诉求诗歌真理机制，无需反思的立

---

① 阿兰·巴迪欧.哲学宣言[M].蓝江，译.南京：南京大学出版社，2014：53.

② 布罗茨基.布罗茨基谈话录[M].马海甸，刘文飞，陈方，编译.北京：东方出版社，2008：92.

场和回到语言源初的努力，依靠成规和惯性来维持诗歌的写作。因此，对“无用论”的坚持实际上意味着对现状以及对现有诗歌原则的维护和坚持。

事实上，“诗歌何用?”的设问，追问的是诗的可能性，如同现实困境一样，哪里会有现成的答案来一劳永逸呢，雪莱的《为诗辩护》无比恢宏完美，依托于对诗、对本质的全面理解，然而放在我们的时代也并不合时宜，所以，引经据典，寻章摘句，当然是一个方法，但如果不深入到历史与现实的难题之中，任何答案都是虚幻的。这也就是说，“诗歌何用?”不仅是一个现实的问题，也是无比艰难的任务，每个时代的诗人都要重新面对这个问题，并寻找语言与历史的接口，我们需要考量的事实、经验、观念与历史契机远比我们能预料的复杂得多，这些考量因而需要一种全新的计算法则，而这是以往诗歌无法直接给出的。

无论如何，“诗歌何用?”的设问之下，所显露出来当代诗的历史困境有三，并以此指认出我们时代的历史症候：

第一，当代诗仅存在于诗歌这种特殊文学形式之内，而无法越出其形式边界，同之外的历史形式与人文学科构成沟通与交流。当代诗作为一个封闭的系统循环于自身的历史建制中。

第二，当代诗无法塑造自身的历史形象，无法建立起源于自身的历史计算法则，因而也并没有创造出一个相应的历史主体，这种历史主体是以诗人的形象作为基础。当代诗作为一种语言形式执着于经典化的建构。

第三，当代诗无法建立起自身的评价机制，无法给出真理的当代样式，事实的逻辑是：一个时代将其根基建筑于资本与技术之上，一定会诱惑诗歌忘却其真理而追逐利益与权力，并培养以名声为主导的诗歌体制。

这三条陈述仅仅指向了事实的层面，但进一步展开实际上已无必要，因为通过种种阐释的工作，这些事实已经被合理化，并抵制着对它的批评。从诗人的角度，这三条陈述被认为是与写作无关的附加要求，与诗的本质并不相连，而是属于诗的社会传播领域、文学社会学范畴，在某种意义上是批评家与读者的工作，持有这种看法的人，实际上对诗歌的“语言-历史”机制相对无知。

三

总的来说，“诗歌何用?”更多着眼于诗的当代性问题，正如策兰的《死亡赋格》这首诗所表明的，着眼汇流于当下的历史时刻，这一时刻暗含着当前世界的结构、关联以及历史的真理，但是在今天，这个问题分外难解，需要给以格外的注意。那么何为当代性呢？以阿甘本的一个问题为例，“收容所的政治—法律结构是什么?”，来对当代诗提问，“收容所的语言—诗意结构是什么?”这个问题本身所映现的正是诗的当代性维度。收容所最著名的例子乃是奥斯维辛集中营，其政治结构表现为“是例外状态开始成为规则之时才打开的一个空间”。法律在其中被完全架空，人变成赤裸生命。与此相对应，策兰的《死亡赋格》则是收容所的语言—诗意结构的经典呈现。

在具体的规定性方面，我们可以参照福柯的说法，当代性就是“纯粹的现时性”，也就是正在发生，并带来新的时间流变的一切，是生活在当下的人对其时代具体而直接的把握，相当于时间维度中的“现在”，因此与过去所累积形成的“经典性”，将来所展现的“未来性”相区分，正如时间的“现在”维度所呈现的一样，当代性在三个层面上得以识别把握：

第一，当下的层面。也就是“现在在发生什么？我们身上发生了什么？我们正生活在其中的这个世界，这个阶段，这个时刻发生了什么？……一切哲学问题中最确定无疑的是现时代的问题，是此时此刻我们是什么的问题”①。

第二，批判的层面。对当下的分析，不仅告知我们所置身于的历史时刻，我们之所是，更重要的是，摆脱我们之所是，也就是福柯所说：“我们就必须去想象和建立我们可能之所是。”②

第三，拯救的层面。“同时代人不仅仅是指那些感知当下黑暗、领会那注定无法抵达之光的人，同时也是划分和植入时间、有能力改变时间并把它与其他时间联系起来的人。”③

回顾新诗百年的写作实践，新诗的自我构造原则是在两个维度上实现的：经典性与当代性，这两个维度缺一不可，其纵横交错的展开可以涵盖新诗所有的问题，此外，这也是新诗保持开放性与活力，不断自我革新的根本动力。不同的说法，比如语言与历史、技艺与时代精神等皆可在这两个维度下获得全面理解。

四

众所周知，朦胧诗以来的当代诗，数量众多、成就斐然，较之

---

① 福柯.自我技术[M].汪民安，编.北京：北京大学出版社，2015：120—121.

② 福柯.自我技术[M].汪民安，编.北京：北京大学出版社，2015：121.

③ 阿甘本.裸体[M].黄晓武，译.北京：北京大学出版社，2017：35.

前两个时期(1917—1948、1949—1976),显示出更为复杂的流变特征和历史面貌,无论是审美特征、语言观念、主体意识还是文化态度等方面,都有很大不同,其中最重要的原因是:当代诗较之前的两个时期相比,更深刻地嵌入和运转于现代主义的逻辑中。在创造性地丰富与发展了现代主义诗学方案的同时,也无可避免地承受着所谓的现代主义的贫困,米沃什基于现代性的逻辑曾深刻地指出这一点:“现代艺术不管是诗歌还是绘画,都有一个逻辑,这就是不断运动的逻辑。我们已被抛出那条语言被传统手法规定好的轨道,并被罚去冒险和面对危险,但正因为如此,我们依然忠实于‘对真实的热情追求’这个诗歌定义。不幸地,对我们观念以外还存在着客观现实这样的信念已经逐渐弱化了,而这种弱化似乎正是现代诗如此普遍地抑郁的原因之一,它似乎感到失去了存在的理由。”[①]米沃什的分析,恰恰指出了现代主义的贫困,日益陷入主观主义的封闭性与日益弱化的客观性、现实性,诗被这种现代主义的书写机制所把持,则意味着其作为纯文学的样式服务于这种书写机制的更新与循环,只能是越来越晦涩与个人化。

结合具体的写作实践,这种现代主义贫困主要表现为四个方面:语言的本体论意识,主体的绝对自我意识,历史的虚无主义和审美的新奇主义等,这是至关重要的,倘若对这四个方面没有较为清晰的理解,就不可能把握当代诗的历史含义。

所谓语言的本体论意识是指,将语言等同于存在或是强调诗的独立自主,比如“智力的空间”(杨炼)、“元诗”(张枣)、“诗到

① 米沃什.诗的见证[M].黄灿然,译.桂林:广西师范大学出版社,2011:90.

语言为止”(韩东)、“以自身为目的的写作”(陈东东)、“不及物性”(臧棣)、“语言诗学”(耿占春)等诗歌观念均是语言本体论意识的不同表达,虽然随着历史场景的变换,这些观念不同程度地得到修正或是否定,但是在具体的写作实践中仍是主要的原则之一。那么从当代性的角度,语言的本体论意识所带来的封闭性也显而易见,套用巴迪欧的一个见解:“如果诗歌就是对语言的沉思,那它就不能成功地搬除世界的专业化和破碎化给普遍性设置的障碍。把语言的宇宙当作诗歌的绝对视野来接受实际上就等于接受破碎化和交往的幻觉。”①

主体的绝对自我意识,从朦胧诗对“人的价值”的强调到90年代“个人写作”的提出,这一意识是逐步确立起来的,表现为主观主义的立场与视角,在这个意义上,米沃什对20世纪诗歌的反思,今天看来依然有效:“20世纪诗歌遭受了‘贫乏和狭窄’,是因为其兴趣局限于‘一种美学的且几乎总是个人主义的风气’。换句话说,它退出所有人共有的领域,而进入主观主义的封闭圈。”②与这种封闭性相伴随的是,内部的分化越来越多元,不同类型诗歌之间几乎都难以对话,共识越来越少,而裂隙不断增大。

历史的虚无主义是在价值层面获得辨认的,什么是虚无主义呢?按照海德格尔的说法,是“最高价值的自行贬黜”③。历史失去了设定的价值与目标,而寻找着新的价值设定。当代诗正是在政治抒情诗失去效用以及其所依附历史时段失去设定价值

---

① 陈永国.激进哲学:阿兰·巴丢读本[M].北京:北京大学出版社,2010:130.

② 米沃什.诗的见证[M].黄灿然,译,桂林:广西师范大学出版社,2011:34.

③ 海德格尔.尼采(上)[M].孙周兴,译.北京:商务印书馆,2003:27.

的时刻展开自身的历史脉络的，这意味着它必然承受着历史的阵痛，而以相对主义的面目示人。在无法获得总体性价值之前，当代诗所拥抱的是立场性的、个人主义的、审美化的、虚无主义的价值观念。海德格尔 1918 年写道："在这个结局之后，生活到底如何塑造必然到来的生活。我们唯一的救助到底是什么，一切都不清楚。……只有那些内在贫乏的唯美主义者，以及一直以有才智的身份玩弄精神的人，他就像对待金钱和享乐一样对待精神，才会在这个时候崩溃，根本不要指望从他们那里得到任何帮助和有价值的指示。"①我们今天的局面和海德格尔当年所面对的是同一个问题，即立场性的、个人主义的、审美化的、虚无主义的价值观念是无法承担历史的重担的。

审美的新奇主义，也就是将追求形式、语言等方面的新颖、差异、不同作为创作的驱动力，以及确立诗人身份的标准。这种对变化、改变、差异甚至断裂、摧毁的迷恋源于现代性自身的运作机制，如帕斯所说，现代性乃是双重的否定，既是对传统的否定，同时也是对自身的否定，"与自身相爱而又相斗，它无法肯定任何永久的事物或将任何原则引为一个基础，它唯一的原则乃是对所有原则的否定，持久的改变"②。双重的否定因此不断制造着新奇或惊奇，并以此创造一种未来性，庞德"日日新"的诗艺期许就是此种原则下的产物，所以罗兰・巴特说："古典主义写作的一致性在几个世纪间没有变化，而近现代的写作的多样性

---

① 萨弗兰斯基.来自德国的大师[M].靳希平，译.北京：商务印书馆，2007：116—117.

② 帕斯.泥淖之子[M].陈东飚，译.桂林：广西人民出版社，2018：10.

百年来繁衍不止，甚至到达了文学现象本身的极限。”①但审美的新奇主义所伴随着的后果是，对客观现实性的逐渐弱化。

从上面四个层面的讨论，我们也看到，现代主义的基本逻辑与运作机制已经无法真实地应对当代性的问题，更无法回答“诗歌何用?”这样的向度，在现代主义的逻辑中是难以想象的。因此，“诗歌何用?”的探讨也必然建立在对现代主义诗歌逻辑修正和超越的基础上，这恰是通往一种崭新诗学的必经之路。

---

① 罗兰·巴特.罗兰·巴特随笔选[M].怀宇，译.天津：百花文艺出版社，1995：10.

现代诗教漫议：何谓正常的写作？

王东东

这几期的题目其实一直围绕21世纪中国新诗展开，我们三个人在一起考虑，也是想要从理论上能够对诗学批评作出一种推进。这是一种愿景。如果说当代诗呈现出萎靡不振或者一种虚弱的症状，其实和我们理论的洞察力不足是有关系的，理论会帮助我们看见事物，就像“理论”的希腊语词源本身，和视觉和发现是有关系的。

现在大量产生的是一种批评，还没有产生一种可以和古典诗学、西方诗学相媲美或者说能够与其相抗衡的一种诗学理论形态。可能因为我们的历史时间不够，感性的沉淀也不够。中国现代时期的大家，不仅仅是诗人，写的诗不仅仅是诗人的诗，同时也是思想家的诗，他们至少是文化思想家和文化哲学家。但是到了当代，这些似乎都被弱化了，即使是80年代存在着一种回光返照。我们需要不断回到新诗源头，新诗的命运可能还没有充分显现出来，我们必须意识到新诗仍然是在一个过程当中，我也并不反对像于坚这些人所说的，新诗已经形成了一个小传统，但这毕竟是一个小的传统。我们需要回到胡适的时代，至少是20世纪80年代的这样一个启蒙和美学自觉的时期，新诗需要不断回到它的自我意识、它的理念的设计。

新诗从20世纪到21世纪，在某种程度上，也是由反常的写作到正常的写作的一种过渡或者说回归。20世纪新诗的写作和中国社会的变动紧密联系在一起，尤其受到激进主义的革命思维、反叛思维很大的推动，同时可能也是一种束缚，构成了一种限制。当然，20世纪中国新诗的写作仍然获得了一些成绩，尤其是它可能完成了一半的现代性，即美学的现代性，但是另外一半的现代性，社会的现代性、政治的现代性，可能仍然是举步维艰。整体而言，20世纪中国在文化面貌和文化品质上其实呈现出一种反常的状态，整个20世纪中国文化的现代性表征，现代性的这种存在，其实始终是一种病理性的存在。

追问何谓正常的写作，可能会构成对于21世纪中国新诗的一种理念设计。也有可能就像胡适对于新诗的设计，我们现在可能会更多感受到他的设计的反叛性。在这个意义上，其实无论是自由主义者还是激进主义者，他们在20世纪的中国最终都要呈现出一种反叛的面貌。如果说可以想象一种正常的写作的话，我觉得可以从几个角度来展开，第一个层面应该是语言的自觉，第二个层面我把它命名成人性的自由，第三个层面，生命的自性。当然这些概念可能可以找到更好的表达方式。

首先，在语言的自觉方面，我们现在对于语言的意识恐怕比胡适这些人要更为开放，因为胡适其实表现出一种“国语的文学，文学的国语”的很强烈的进化论式的现代意识，一定是白话先进，而文言落后，但是我们在语言层面可能会达到一种前所未有的丰富。像20世纪的诗人，某些诗人里面他当然也已经达到了一定程度的自觉。昌耀对于文言的汲取，不是在一种传统儒家正统主义的文言观念之下展开的，虽然使用文言，但是他并非陈独秀和胡适所想象的那样一种反动的方式，那么在这个时候，昌耀的语言其实呈现出一种很奇特的感觉，他这种语言甚至是边缘的，既处在白话的边缘也处在文言的边缘，是一个民间的带有儒家色彩的知识分子的形象，但是我感觉到他似乎也有点像密教的苦行僧，即使是单纯以语言外貌来看的话，也是一种多种文化并存的状态。

第二，我觉得可以从人性的自由这样一个角度展开。“自由”的概念并非仅仅只是政治哲学方面的含义，人性的自由，注重人性的不同方面、人性的复杂性或者说人性的智慧。在现代性的语境里面，的确存在着一种对人的神化的现象，简单地说就是我们以人义论来取代了神义论。其实我们对人的发现还远远不够，我觉得我们也可以强调人性的这个层面，而不仅仅是政治哲学的关于自由和民主的建构。当然胡适对于新诗可能更多地有一个政治哲学方面的建构，他说新诗要有人有我，不仅要表现著作人的性情见解，还要与一般人相交涉，这里面有一个对新诗的自由和民主精神的理念设计。

我们可以看到一种对于民主诗学的谈论，但现在来看，政治哲学方面的讨论仍然是远远不够的。但是我觉得这个不是问题，因为我们可能仍然更需要从人的发现的角度进行谈论，我们的政治哲学方面或者说我们的政治智慧不成熟，可能根本原因仍然是我们的人性不成熟。我们对人的发现不够，所以导致这个人的权利仍然是不够的，我们在哲学、思想这方面做的工作可能是不够的。在现代的文化大家看来，古典时期中国的思想家在人的发现方面当然也是不够的，虽然说可以把中国的启蒙时期回溯到或者说追溯到晚明，心学以及对于心学的反动。

那么，在人类很长历史时期之内的一些人文大师，对于我们仍然是一种典范性的存在。歌德有一句话:“魔鬼是老的,为了认识魔鬼,你也要变老。”你要和魔鬼一起变老,因为需要去懂得他,这里面就有一种精神的斗争,或者说对于人性的理解。在现代思想家看来,这背后有一种灵知主义或者说一种异教传统。在沃格林看来,这种灵知主义甚至存在于黑格尔这样的德国古典哲学背后,他们毫无疑问是柏拉图主义者,但同时也是灵知主义者,亦即诺斯替主义者。

这就谈到了生命的自性,这是第三个层面。自性这个概念,一方面可以联系到佛教传统,另外一方面和西方精神分析有着很大关系。荣格其实从佛教当中引入了自性的概念,但进行了改造,将自我引入人类集体无意识的核心,此之谓自性。从生命的自性的角度,可以提供一种对现代人的生命的批判。弗洛伊德和荣格所提供的这样一种精神病理学的分析方式,其实是对于西方社会祛魅或者说理性化的历史过程的一种揭示。祛魅之后,就产生了这些病症。这是西方社会理性化之后所产生的一种后果,也就是现代性的后果之一,其实尼采借助于对基督教的批判早就发现了这一点。但是无论如何,宗教本身为人类提供了一个意义系统,为个体生命在历史实践当中的展开随时提供指导。牧师其实扮演的就是精神保姆的角色。荣格就发现在天主教传统保存得比较好的地区,精神发病率和精神变态的几率其实是非常低的。但是在美国这样的国家,心理分析就变成了一种巨大的产业,牧师变成了精神分析师。弗洛伊德的一个女病人梦见了上帝,但是这个上帝长着一张弗洛伊德的脸。作为一种文化方式,诗歌在现代社会的作用类似于宗教,尤其是对于个人来说。

时至今日,我们只是完成了一半的现代性,即美学的现代性，但这个美学的现代性可能是虚假的，在某种意义上满足了我们对现代性的虚无主义的暗中渴望。因为从20世纪起，中国知识分子就一直在乞求一种精神力量，鲁迅的例子可以表明，拜伦式的摩罗诗力，最终变成了尼采式的超人的希望的渺茫，它们一直是中国知识分子所追求的一种心灵的和文化的转机。但现在，我们首先面对的是现代性的虚无的后果，另一半的现代性，即社会的、政治的现代性，我们可能仍然举步维艰。这和西方社会其实是不一样的。这同时也表明，我们对现代文化的了解可能是片面的，需要不断深化。现在，时间似乎从直线变成了圆形，但我们要让它再次变成直线，虽然在这个过程中，连时间本身也变得犹豫不决。回归生命的自性不是要抵制现代化，而是要重新理解现代性的历史，也可能是一种非常有活力的角度，因为它并不单纯要回到原教旨，比如说天主教的传统，对中国来讲则是儒教的传统，而是和原教旨主义仍然有着激烈的争论。同时对于各种古典思想，仍然还是持一种开放的态度。

我最近在写关于骆一禾的文章，骆一禾的诗学在很大程度上其实是受到了存在主义的启发。如果我们认真去读的话，就可以发现，骆一禾多次发挥了雅斯贝尔斯所谈到的"大全"的概念。而骆一禾接触存在主义的途径也比较微妙，他是看到了一本名叫《存在主义哲学论著选辑》的书，这本书是20世纪60年代出版的内部读物。骆一禾在80年代接触到了这本书，并第一时间阅读到海德格尔、雅斯贝尔斯、萨特和梅罗·庞蒂的文章。这本书收录的海德格尔的《存在与时间》《论人道主义的信》是由海德格尔的亲炙弟子——熊伟先生——亲自翻译完成的。从海德格尔到熊伟再到骆一禾，构成了一个传奇。骆一禾正是阅读了海德格尔和雅斯贝尔斯，才在80年代产生了一种带有浪漫主义色彩的诗学设计，他和海子、刘小枫的诗化哲学其实是一种类似的思想存在。

如果说我们对诗学理论能够有一种宏大的想象，我们产生的就不仅仅是诗人之诗，而且还是思想之诗。其实真正有效的一定是思想之诗。杜甫是诗人之诗，这是因为朱熹的思想家之诗对他构成了阐释，同时当然也因为孔子的思想家之诗，早就为他谋划了一种理念上的想象。而杜甫可能只是用诗人之诗，让孔子的思想之诗能够深入人心，以至于妇孺儿童。杜甫是诗中的孔子，这就是所谓的诗教。何谓诗？不仅仅是一个技艺问题，而是兴于诗，立于礼，成于乐。但是我们恰好处在一个“礼崩乐坏”的时代，那么在我们这样一个时期，礼乐的内涵或者说人性的自由的内涵，仍然需要我们像胡适时代一样进行一种重新的想象。

诗人写诗，其实不仅仅是一种破碎的、零散的生命感兴。感兴和我们中国诗学的方式有关系，必须承认，即使是零碎的生命感兴也是有价值的，因为它提供了一种感性价值，为现代文化提供了一种感性表达的机会。然而现代文化从总体上来讲仍然是暧昧不明的，因为礼乐的成分仍然没有得到清楚界说，尤其是在政治哲学上面，并没有类似于孔子和朱熹那样的一个高远的设计，可以让诗人们省力地去写诗人之诗，不用费心去思想，甚至去写思想家之诗。但是我觉得可能未来的新诗就像中国古典诗一样，它不仅仅是生命的零碎的感兴，而可能也是一种诗教，那么就意味着，它可以为个体生命赋予一个完整的意义结构。

（此文为作者在“21世纪中国新诗的问题和主义”研讨会上的发言）

越界

Cross the border

哈代诗选

托马斯·哈代著，乔亦涓译

在一个美好的早晨

I

安慰从哪里来？——不是来自于目睹
那些劳作的，受苦的，存在着的事物
不是来自对生活条件的关注；
不是来自从时间吸取忠告；
　而是来自对梦想的忠诚，
　来自凝视那样的光芒
　是它使灰色的事物变得一片金黄。

Ⅱ

在这美好的早晨，一天的全盛时期
我凝视阴影仿佛它们是正在展开的晨光，
此刻那彩虹色的天穹
并非华而不实的美景；
　而是作为一个美好善良
　仁慈的计划的一部分；

证明尘世存在是为了适合人的生存。

天气

这是布谷鸟欢喜的天气，
　　我也欢喜；
当细雨打湿栗树的花穗，
　　一只只雏鸟从窠巢中起飞；
小小的褐色夜莺唱得那么甜美，
它们在“旅客休息室”外成双成对，
少女穿上印花棉布衣裳，
居家者梦想着云游四方，
　　我也和他们一样。

这是牧羊人回避的天气，
　　我也回避；
当湿淋淋的山毛榉黯淡而发黑，
　　摇摇晃晃，被风弯折；
潮水呻吟着，在山后涌动，
草地上溪流漫溢潺潺淙淙，
水滴连成串悬挂在篱栅上，
白嘴鸦纷纷飞向家的方向，
　　我也和它们一样。

诗人的思想

它在黑暗中自他诞生，
具有云雀般的轻盈：
它溜出他的陋室，沿着河岸
徘徊片刻，随后在大地上飞跃向前。

当它归来，遍体鳞伤，诗人
面对自身的产物却不认识：
呀，真的，自它萌芽以来时间便摇舌鼓唇，
使原有的思想歪曲，终不可寻觅。

房东夫人的吊金钟花

房东夫人的吊金钟盛开在
这里那里，熠熠闪光，迎风摇摆，
钟一样的，愈来愈多
在窄窄花园小径上聚集，
给过往行人以清晨的
　　花的洗礼。

她容忍它们这铺张的方式，
还让我们在登门拜访时
小心轻柔地托起花枝：

但为了她的葬礼畅通无阻，
他们在清晨斩除了
这繁茂的植物。

公园里的木椅

曾经鲜艳的绿色发黑黯淡，
曾经牢固的椅腿日益下陷；
很快它将不知不觉地坍塌，
很快它将不知不觉地坍塌。

当夜色使最红艳的花儿失去光彩
那曾在椅上歇息的人们重又归来；
他们在那儿坐成长长一排，
他们在那儿坐成长长一排。

椅子不会被他们坐沉，
冬天冻不着他们，洪水淹不了他们，
因为他们就像高空里轻盈的大气，
他们就像高空里轻盈的大气！

信的胜利（一个幻想）

是的：我知道这是给你爱人的，
你决心将我寄出。从你字里行间

我看得很清楚。

现在我被折好，准备出发，
我要去的地方，作者啊，你无法前往：
无人知晓我的入口！

我将吸引她的目光，她将
不声不响，如果我无声的到达使她
烦恼，或恰是她所渴望。

她匆匆打量我的脸庞：
无论她希望见你，或不希望见你，
都注定与我见这一面。

带我进她的闺房或去花园，
噘嘴生气或羞红脸，一目十行或
一动不动，眼睛紧盯着信笺。

当你苦苦等待，怀着期望或畏惧，
无缘一睹她芳容，我却舒适地
和她待在一起，亲密无间。

聆听她的心跳，她说的每个言词，
紧挨她赤裸的手指，衣袖，和手套
我躺着——呵呵——整夜整日！

一个少女的誓言（歌谣）

我不要你发誓赌咒
早晚让我做上新娘，
把我从这旮旯里带走
我在这儿等你来到身旁。
这青山绿水的道路山岗
对我将永远是幸福的殿堂——
让它降临吧，不管是何命运，
只要你不抛弃对我的爱情！

我将等着你这颗回归的彗星
时间无法磨穿我的耐心；
泛黄的岁月不会磨灭
我对你的无尽的爱和忠诚，
也无法让我为你长久的缺席
心生怨恨，我会苦苦把你惦记，
只要不再有另一个人
隔开我俩，你和我就永不分离。

孩童与哲人

哦，哲人，察看天气时你说，
    “我已享受够了

无云的晴空，我得准备好
　　经受雨雪和狂风”。

“既然一辈子健康无恙，”你说，
　　“又岂能在晚年的漫长岁月，
为一点病痛玷污了安宁
　　而感到满腔怨恨。”

你说“快乐是我今生的福分
　　源自微笑的未破碎的爱情，
为了它我理当把十字架
　　在这人生路上背负一程”。

于是你不再翘首以待
　　欢乐源源不断地到来；
却只在安闲时一心企盼
　　快点把烦恼挑上双肩。

可是哲人啊，为何这大地只是一片
　　被报复的意愿统治的疆域，
为何每一段愉快的时光
　　只是让痛苦来得更理所当然？

那些小小的老歌

那些小小的老歌
　　对我再合适不过，
它唱着久已逝去的幸福，
　　唱着眼前拥有的欢乐，
唱着我们朝思暮想
　　见到的那些亲切的面庞。

新潮的曲调我不爱听
　　纵然它有精妙的弦音，
也不渴望流行的歌声
　　给人带来激动兴奋；
我只听那最朴实无华
　　心灵之弦发出的琴音。

我这个人

我是那个斑鸠透过
　　树枝缝隙窥看的人，
　　当它们不因惊吓
　　而突然跃起，
却在树上咕咕叫着，仿佛在说：
　　“哦，原来是这人。”

我是那过路时惊动了
　　竖起长耳的野兔的人，
　　它们继续大嚼着
　　新生的麦草，
仿佛一边在想："他这人对谁
　　都无关紧要。"

泪汪汪的哀悼者列队
　　穿过草地时
　　瞥我一眼
　　接着向墓坑走去，
心想："没关系，他这人不会打听
　　我们的伤心事。"

我听见群星在天上说："我们休以
　　望而生畏的冷漠
　　回报他如此辛苦、
　　殷勤的仰视，——
绝不要伤害他。他是那个自始至终
　　陪伴我们的人。"

十月的最后一星期

一张蜘蛛网网住了一片下降的叶子，
别的叶子仍继续飘落而它停在那里摇晃；

像一个悬空的罪犯，表演着哑剧，
穿一身金黄，而远远地在它上方，一片绿叶，
颤抖着，恐惧同样的命运就要落在自己头上。

一个宿命论者的墓志铭

一个我并不想踏进的世界
拦腰抓住我把我悬起来，
让我做鬼脸，行走，跳跃，
犹如热砖上跳舞的猫
在离奇的快步舞中保持脚步腾空，
直到坠落在地不省人事。

致人生

哦焦头烂额的悲哀的人生，
　　我厌倦了看见你的面孔，
厌倦了你蹒跚的步态、肮脏累赘的斗篷，
　　和你那过于牵强的笑容！

我知道你想说什么
　　关于死亡，时间，和命运——
我久已知晓，而且，也知道得够多
　　关于它们对我意味着什么？

但你能不能别用那稀奇
　　古怪的伪装打扮自己，
能不能弄假成真，至少在某个疯狂日子里
　　让我们以为自己就活在天堂里？

我将调整我的心绪，
　　陪伴你沉默不语直到夜静人寂；
或许对于这一假装的
　　插曲，我终将深信不疑！

午夜感怀

人啊，你使我灰心丧气
当午夜阴影将我包围！——
不是因你壮观的业绩
使我惊恐，
不是因你假冒的
超凡的敏锐，
不是因你的卑鄙无耻，
不是因你恶劣的教诲，
不是因你荒谬的布道，
不是因你的平庸乏味
和伤风败俗的行为，

也不是因你的大胆无畏

和可悲的忍辱负重；
而是因你的疯狂
冠之以冷酷的恶行，
因你在与时间的斗争中，
形如可笑的傀儡；
因你被迷信
和野心
推向前，毫无智慧，
远见，或秩序
被纯粹的无意识
无丝毫先知先觉
引向无理性
和丑陋的自我背叛……
上帝，你抬头看
他正垂怜于你！

（部分成稿于1906年5月25日）

我们的二元论老友

全体向他致意，这变幻莫测的普罗透斯！一个不屈不挠的老小伙子：

斯宾诺莎和一元论者们无法使他停下来歇气。

“请相信真理，先生！”我们狠狠地警告他想让他平静：

他笑了，搬出柏格森和詹姆斯，并发誓说我们绝不可能将他杀死。

我们争辩说那是实用主义的骗局。“啊，”他回答，“他们是在骗人：

但我必须活着；古罗马的祭司们宣称唯有我才值得信任！”

他期望不多（八十六岁生日反思）

好吧，世界，你对我信守了
　　诺言，信守了诺言；
总的来说你证明了
你是你所说的样子。
孩提时我常常躺在
草地上仰望苍天，
从未，我自身从未期望过
　　生活永远风和日丽。

那时你对我说，你已经说过，
　　不止一次地，
用你那神秘的声音吐露
　　从四周的山坡和云朵：
“很多人绝望地爱着我，
很多人爱得十分平静，
还有些人则对我嗤之以鼻
　　直到在地下合上眼睛。”

“我不会给你过多的承诺，
　孩子；不会过多；
一些暗淡的机遇，仅此而已。”
　　你告诫我小小的头脑，
出于信任的智慧的忠告！
对你的劝言我没有不听从，
并因此得以阻止岁月一年年
　　带来的伤害和疼痛。

饮酒歌

在思想开始萌芽的过去某时，
泰勒斯活着：他
据说能察见
凡人所不能见的巨大的真理；
　　人们对此似乎
　　不抱丝毫怀疑：
世间万物皆为人而创造。

合　　唱

斟满你的酒杯：别感到沮丧
为破灭了的过去的伟大思想！

大地居于天穹正中，稳固而平整，
　　人相信，直到一位

　　圣人走来——
哥白尼，将谬误纠正。
我们脚下踩着的，他说
乃是一个圆球，它绕着
太阳旋转，并被它烤暖。

合　　唱

斟满你的酒杯：别感到沮丧
只不过又失去一个伟大的思想！

但我们仍相信，随时间流逝
　　和智慧的增进，
　　我们的世界，至少
是唯一的，而且等级最高：
　　直到一些家伙
　　将传言鼓噪：
说天空有无数个圆球在旋转。

合　　唱

斟满你的酒杯：别感到沮丧
只不过又失去一个伟大的思想！

而我们的地球，我们唯一的财产，
　　并非最好的，
一流的星球，

实际上它平凡，低劣，十分卑贱：
　　而高傲的人类不过
　　是一群软弱的懦夫，
不配享受命运的青睐。

合　　唱

斟满你的酒杯：别感到沮丧
只不过又失去一个伟大的思想！

随后休谟出现了，他无法相信，
　　如果世界如我们所见，
　　证明世上没有奇迹
是一件费力的事情。
　　“我们最好谨记，”他说，
　　“人的眼睛比上帝创造的
这架晃动的钟表更善于自欺。”

合　　唱

斟满你的酒杯：别感到沮丧
只不过又失去一个伟大的思想！

接着达尔文带来了离奇的消息，
　　（尽管他表明他的学说
　　以一种安静低调的方式）；
我们所有人都来自爬虫；

猿猴和人类

以及长毛的虫子

都是有血缘关系的弟兄。

合　　唱

斟满你的酒杯：别感到沮丧

只不过又失去一个伟大的思想！

这奇异的理论刚刚宣告，

切恩医生便来凑热闹：

处女不可能生孩子。

他清清楚楚告诉我们。

“这件事对我们的信仰，

真的爱莫能助。”他说，

“它长久以来被所有人疏忽。”

合　　唱

斟满你的酒杯：别感到沮丧

只不过又失去一个伟大的思想！

现在爱因斯坦带来了惊人的发现——

我们很多人对此

尚不了然——

宇宙不存在时间，不存在空间，不存在运动，

无所谓早也无所谓晚，

既不是正方形也非直线，
而是像弯曲的大海般的球面。

合　　唱

斟满你的酒杯：别感到沮丧
只不过又失去一个伟大的思想！

这就是我们的处境，多么可怜：
　　犹如五颜六色
　　的蝴蝶面对着
阿尔卑斯的巨大的冰川：
　　飞舞着找寻一片
　　温暖的树荫避寒。
我们也想找一块这样的地盘。

合　　唱

斟满你的酒杯：别感到沮丧
为所有破灭了的伟大的思想：
我们仍将积德行善，勿苟活于世上！

诗歌功能的起源

弗朗西斯·巴顿·顾默耳[①]著，乔亦涓译

如果文学按照赫特纳(Hettner)著名的定义来说，是思想的记录，文学史就是要努力记录影子的影子。不久前，一个极有经验的成功的出版商声称，英国文学史可以写得如此富有激情和戏剧性，从而比最畅销的小说卖得还好；当被问到他的凭据何在时，他指出某些有关英国和英国人民的历史书，无论首印或再版都有巨大的销量。这个比较有可悲的缺陷。文学本身是一种记录，一种文件，是静止不动的，而一个民族的历史却能反映为一系列活动的画面；而历史如能被娴熟地书写，它将满足大众的两个最强烈的欲望，他们想知道的无非是伟人长得如何和普通人在干些什么。富有可读性的对文学的描述，一定要顾及这些需求，并将其阐释为“诗人的生活”，或者用丹纳[②]的话说，诗人从中产生的人民的生活。但这显然并非文学史，而是文学的创造者

---

① 弗朗西斯·巴顿·顾默耳(Francis Barton Gummere，1855—1919)，古代语言和民歌领域一位有影响力学者，翻译家。顾默耳曾任教于哈佛大学，1887年成为哈佛福德学院的英语教授，1905年成为现代英语协会主席，1910年出版翻译作品《贝奥武夫》，著作有《盎格鲁撒克逊隐喻》《诗学手册》《日耳曼起源：原始文化研究》《古英语民谣》《诗歌源始》《民主与诗歌》等。(本文注释凡未标明原注者，均为译者注。)

② 伊波利特·阿道尔夫·丹纳(Hippolyte Adolphe Taine，1828—1893)，法国文艺批评家、历史学家、哲学家。

或创造环境的历史。然而，假设我们拒绝采纳“文学是思想的记录”这一定义，不仅单单看到它的巨大成就，也看到它的全部内容，从而将它视为一个组织机构，一种人类社会生活的元素，并且，假设我们为了当下的需要而去思考它最古老的时代，诗歌的时代；那么，远离现代科学精神的诗歌甚至也能作为某种活动、变化、成长的事物来研究，从而拥有它的历史。它必须拥有它的历史。在过去一百年里，我们在人类和自然活动的各个领域都一直在关注事物是如何发展的。但在诗歌领域，这种关注或许尚未达到像在其他研究领域的程度，调查研究习惯的培养是勉强而迟缓的；但它业已养成，并发挥作用。在可以被称作“惊叹学派”的那些著作中有好的东西；但增进对诗歌的知识的思想，如今已超越了对诗歌表达兴趣的思想。像默里教授关于希腊史诗的崛起的讲座，像里奇韦教授承诺展示希腊悲剧肇始于葬礼游戏和歌曲的那些讲座，为学者指出了极其有益的路径；与此同时，对牛津大学诗歌教授在他最近有关希腊诗歌的著作中提出的评论和鉴赏意见，应该表示热忱的欢迎，在99%的其他同类著作中，这种评论和鉴赏会变成讨厌的虚伪的赞美。在当今科学习俗的影响下，研究方法和研究对象一样被引进到诗歌中。人们收集相关的事实——无论多么普通和猥琐——研究它们的关系，用低级的形式解释高级的，将一切纳入秩序，试图弄清控制发展的原理，然而，要永远记住，诗的原料与化学家和生物学家处理的原料何其不同。你不能把诗歌放入杀菌釜和试管中，你无法解剖它并分析它的各个器官；并且，尽管你可以从手边幸存的残片恢复这个或那个已经消失的诗歌的样本，如同博物学家处理化石，然而由于你不可能把原始的诗歌像恐龙或翼手龙一样投影在屏幕上，几乎没有读者会为了你的痛苦付出而相信你。在对诗歌的科学研究中可以做且必须做的，是考察它的习俗，注意它所活跃的各个时期并从而决定其功能。在我看来，这是应当向自然科学学习并应用于诗歌研究的当务之急。达尔文曾说，昆虫学家法布尔先生是自然领域最伟大的观察家；而法布尔先生观察的秘诀，被他用一种引人入胜的方式告诉我们，那就是他将功能而非器官作为分类的基础，对他来说，观察生物的习性并弄清其本能远比解剖死尸更加卓有成效。这种思想应当永远适用于诗歌的研究。比如说，节奏意味着运动；然而我们却常常通过把一首静止的、死气沉沉的诗歌切成片来研究节奏，认为这就是科学的程序，对于赫尔德[①]让我们朗诵荷马就像他在街头吟唱一样的著名的建议置若罔闻，视为浪漫的冲动。但这却是真正的更好的科学方法。实际上，诗歌的功能自身也会萎缩，程度极其严重，如果其节奏因不能被大声朗读而受到刻意抑制——在今天大声朗读变得如此稀少——结果造成最有效的艺术的外部吸引力的丧失。有句话说得好，只有当一个人大声朗读拉丁文诗歌，并意识到这种“洪亮的”诵读的巨大的重要性时，才开始欣赏它们。同时，这也为我们在这项历史学的和比较文学的任务中仔细考察诗歌的功能，提供了一种暗示。

在研究诗歌的主体时，我们不会一开始就考虑全部事实和主题；为了足够方便，我们划分史诗、戏剧诗和抒情诗。为了分类的目的这是必要的，但当我们开始询问这些不同的部分如何

---

① 约翰·哥特弗雷德·赫尔德(Johann Gottfried Herder，1744—1803)，德国哲学家、路德派神学家、诗人。

发展，起源于何时何地，经历了什么阶段时，我们发现自己的研究捉襟见肘、频频败退，只因为我们自始至终所假定的这种固执而僵化的对材料的分类。这还不是全部。我们说，一个戏剧性的源头被发现了——正如里奇韦教授对希腊悲剧的断言——在酋长或国王的葬礼上；于是，诗歌的缘起被假设为戏剧。另一位学者追溯史诗，并发现它的萌芽也能从古代对死者的颂词中寻觅到，于是宣称史诗是诗歌最古老的形式。接下来，一个才能卓著的人声称抒情诗是诗歌的原生质，不惜用洋洋万言篇幅讨论其精当的分类，以弄清诗歌最初是从脑满肠肥还是从心灵空虚中产生，并最终决定，出于可悲的原因，把所有这些抒情的古董的残羹剩炙都拖进坟墓，宣告有关起源的终极发现。诗歌的终极源头，曾多少次地、在多少地方被发现啊！在我看来，使这些研究结果变得远为可喜的是，当我们放弃这种从对主题的僵化分类中寻找原初时刻、终极源头和单一起源的努力，而致力于追随这些悲伤的表达，进入它所入侵的任何一个诗的领域时——也就是，追随诗歌在人生的特定场合和经验下，表达人类某种特定的共同情感的功能。所有早期的诗歌都口传耳授，消失于人类记忆的时间进程中；但诗在其形成期的功能已屡屡被记录在案，或是从经年累月积累的证据中可被推断。从研究某一明确富含诗意或极具韵律感的形式，不考虑它的情感起源和吸引力，或者说研究一篇散文（如果我可以用这个形态学的大词）的过程中，我们可以又一次获得一些很好的结论。当批评和反抗的风暴在几十年前造成比较文献学的大破坏时，人们发现，尽管古老的雅利安文明建立在对所有方言通用的语言之上的宏伟的大厦沦为一片废墟，它的语法形式和音调变化所构筑的墙基却可以说岿然不动。同样地，诗的形式和结构也在诗歌中保留下来，尽管它所依据的事实随着人类兴趣一代又一代的转换和倍增而改变。因此，在转向我们真正的主题之前，让我们对刚才命名的各种考证方法做一个简短的论述，对情感功能和形式做一个研究。

通过对漫长历史的一瞥，艺术的某些功能有望显露，尽管古老而仍然鲜活，因为事实表明，它们的应用是显而易见的，从低级到高级的(文本)形式都提供了极易接受的证明。正如我们刚刚指出的，从时代的角度看，诗歌很可能像其他许多艺术和生活习俗一样，没有唯一的源头，而有着多元化的起源。因此，撇开所有把葬礼作为最终和唯一来源的说法不谈，在诗歌五花八门的起源中，对死亡的社会性的和公共性的痛苦感受，可以确定为源头之一。我说的是社会的，而不是私人的和个人的，不是至亲好友之间表达悲伤之词，像爱默生为其子所作的优美的挽歌，逐渐广为人知，被公众使用和聆听，这实际上是一个颠倒了的社会化的过程；我这么说有充分的理由，诗歌本质上是一种社会性的艺术，而交流，它的至关重要和基本的事实，已经假设了社群的存在。此外，为了简化任务，我们必须忽略巫术、恋物癖和早期的祭司等因素，所有这些因素都或多或少与正式挽歌的发展有关，而我们必须将这一发展主要视为社会和艺术力量的组成。现在，对于这个稀有的、辛苦凝聚起来的群体，最生动的体验将是死亡对它的横加破坏，是公共纽带上的一根绳子咔嚓一下断开，这将迫使幸存者共同表达悲痛之情。哀悼者从来不曾独自叹息，而是带着“一种普遍的呻吟”。也就是说，社会性情感的表达发端于社会的损失。假设随着社会群体的发展和人格的缓慢出现，某种更亲密的亲属关系随之产生，可以很自然地认为，个人的哀伤首先通过与共同的悲叹相融合，然后才通过个人努力找到发泄的途径；因此，当这样一种痛苦的倾诉终于见诸任何形式的记录时，便呈现出两种要素：一是个人的，来自近亲或最密切的伙伴，一是合唱的，仍然带着群体呻吟的响亮的节奏。前一个要素稳固地增强，而后一个持续地减弱。尽管葬歌①长期回响着社会的和部落的悲伤，甚至今天在偏远乡村仍可以找到这种为他人哭丧的葬礼团体和一般职责，个人的声音已经变得越来越明显。这种最古老的诗的功能，成为每一个地方对死者的一种个人的、理性的告别，无论是简单、短暂、传统的，还是深刻、难忘、动人的，天赋的声音都发出了它的最高音。朴素的天赋无疑是最感人的，就像卡图卢斯②写给他兄弟的无可比拟的诗行，它的功能从诗的每一节延伸到歌曲的顶点。

> 而现在我举起手向死者致意，
> 泪如泉涌，吟唱死亡的旋律。

阿得拉斯托斯③在欧里庇得斯的《恳求者》中说，同样是这部悲剧，尽管其艺术看起来得到高度发展，仍然包含了一切古老的元素，如合唱的哀号、姿势，甚至舞蹈、对死去的英雄的赞美和对他们事迹的简短暗示。死亡之歌可以在萌芽时期诗歌的微弱的传统中聆听到，也可以在所有最优秀的诗人最终的和最优秀的作

---

① 葬歌（coronach），苏格兰语。

② 卡图卢斯（Catullus，约公元前87—公元前54），古罗马诗人。

③ 阿得拉斯托斯（Adrastus），希腊神话中阿尔戈斯王，远征底比斯的七英雄首领和唯一的生还者。

品中听到。人生是对死亡的哲学沉思[①]，西塞罗说；对于诗人也是如此。

那么，很明显在这番漫长的追溯中，挽歌、哭号、丧歌[②]、葬歌[③]、哀歌、哀乐，不管它叫什么，在什么场合，我们都有机会看到事情在诗歌中是如何发展的，几乎没有犯错的可能，至少在早期阶段确实如此；因为我们面对的是一种原始本能和普遍经验。我们也看到民主思想对这些研究的帮助和激励，虽然这可能并非诗人的本意：

> 瑟塞蒂兹[④]的身体和埃阿斯[⑤]的一样好，
> 当他们两人都不在世上了，——

而莎士比亚自己给一个恶棍写过一首最好的挽歌。最朴素的哀悼配以最精巧的修辞。因此，我们可以在这里看到诗歌表达情感和同情的功能，此时人类本能的情感和来自社会联合体的同情都达到最强烈的程度。现在让我们从理论转向一些已有记录的事实。

在全世界，在我们所知的各个时代，当最卑下的和地位最高的人们悲伤地哭喊，埋葬、焚烧或用其他任何方式处理他们的死者时，歇斯底里的节奏通常与丧主的情绪、步态，与合唱的丧葬

---

① Tota vita philosophi commentatio mortis，此处为拉丁语。

② 丧歌（naenia），源于 Naenia（娜伊尼亚）一词，为古罗马丧葬女神，此处译为丧歌。

③ 葬歌（vocero），科西嘉岛人对死者唱的歌或哭号。

④ 瑟塞蒂兹（Thersites），《伊利亚特》中的一名希腊士兵，喜欢骂人。

⑤ 埃阿斯（Ajax），特洛伊战争中的希腊英雄。大埃阿斯，忒拉蒙和厄里斯珀之子；小埃阿斯，俄琉斯之子。

群体的哀号、手势和现场舞蹈是同步的。被西非的观察者称之为“一首呻吟的歌”的，起初无疑就是哭号，但很快被赋予了意义，对这些非洲人来说这是常事，随后在各个地方和时间以一种重复四次的形式传递，时而全部，时而部分，惊人地整齐。整个完整的形式包括了死亡的事实——以惊叫的方式爆发，充满回忆、询问、恳求。“啊，你走了!”“你多么勇敢、善良、强壮!”以及“你为什么要走？我们做了什么？你缺什么?”最后以“回到我们身边来”结束。这种悲叹，用词简单，但无止境地重复，可以从人类学所记录的各个国家和时代的较低文化阶段得到证明。然而，在艺术的发展过程中，常常只有压缩成叠句的哭喊和扩展成诗歌的回忆被保存下来。它的原始粗糙的形式则主要保留在农民那里；不过，对呼唤死者归来的吁请，因常常杂有巫术和宗教仪式的考虑，使生者竭尽所能阻止亡魂归来并阻塞每一条通道，而在基督教时代，这种吁请要么被忽略，要么被转换成另一种呼告方式——对希望的呼告。

发展是普遍的，但激流中也有漩涡。哭号常常被禁止，由于其狂热过度，例如柏拉图箴言和梭伦法，或 14 世纪加斯科涅[①]地区的法律都曾禁止过，或者在《亨利四世》的一幕中，为了使挽歌更精致化，命令“打油诗人、吟游诗人和流浪汉”一律不得留在威尔士土地上“为当地普通人”创作“kymorthas”——即“死亡之歌”。修剪也常常和生长一样有趣；因为疯狂的哭喊和反复呻吟很快被视为矫揉造作，受雇的哭丧者，通常是一名女性，最终会声名扫地。但她的技艺，就像以色列那些哀悼的妇女一样，常常

① 加斯科涅(Gascony)，法国西南部一地区。

把对死者的共同和自发的悲伤呼喊变成一篇精巧而难忘的悲悼之诗。巴德(Budde)因此指出,这种断断续续但极其有效的哀歌的节奏保存在《耶利米书》第3章中,对哀悼者发出一声呼告之后,它以一种非常高贵的形式为耶路撒冷吟唱“哀歌”(the Kina):

叫哀恸的妇女来,
叫那些狡猾的女人们来。
……妇女们啊,你们当听耶和华的话,
用你们的耳朵接受他口授的哀叹,
教导你的女儿们哭号,
她的邻居都悲叹,
因为死亡来到我们的窗前,
它进入了我们的宫殿,
把孩子从外面隔绝,
还有街上的青年。

同样从“哀歌”发展而来,同样精致和传统的巴比伦的胜利“颂歌”,是一首反抗巴比伦国王的“嘲讽之歌”(taunt-song),一首“反哀歌”(inverted dirge):

压迫者变得多么安静,
不可一世的怒吼也喑哑无声!……
你从天堂一落千丈,
哦,路西法,黎明之子!……

另一首"嘲讽之歌"表现了巴比伦从女王之国沦为奴隶的状态：

静静地坐着，进入黑暗，
哦，卡尔迪亚[①]的姑娘！
再也没有人叫你
巴比伦国的女王。……

这里仍然有"哀歌"的节奏。这种将悲歌转变为胜利者、观众和早期受害者用于庆功或嘲讽的合唱，是一个非常自然的过程；可以追溯到遥远的年代和广阔的地域。在《民数记》第21章就记录了这样一首古代希伯来歌曲，讲述打败敌人的故事。"那些创作嘲讽之歌的人们"——在钦定版《圣经》[②]中称他们为"那些讲谚语的人"——唱道：

摩押[③]啊，你有祸了！
基抹[④]的民哪，你们灭亡了。……

在这里"你"取代了真正的挽歌中的"我"或"我们"。在班诺克本[⑤]战役后，这类嘲讽之歌"在舞蹈中，在苏格兰少女和吟游诗人

---

① 卡尔迪亚(Chaldaea)，古巴比伦的一个王国。

② 钦定版《圣经》(the authorized version, King James Version)，詹姆斯一世时期发行的圣经版本。

③ 摩押(Moab)，罗得和大女儿所生的儿子，摩押人的始祖。

④ 基抹(Chemosh)，摩押人所拜的神称为基抹。

⑤ 班诺克本(Bannockburn)，苏格兰中部城镇。1314年6月，苏格兰国王罗伯特·布鲁斯率领苏格兰人在此打败英王爱德华二世的军队，确保了苏格兰的独立。

的颂歌中”被创作出来：

> 英格兰的少女啊你们好不伤心，
> 你们的爱人死在了班诺克本，……

但对直接哀悼战死者的挽歌的模仿意识十分淡薄，记录这首嘲讽曲的编年史，只能提供习俗而非真正的创作的见证。不过，关于习俗本身，这里无疑有它古老的起源和流行趋势。让我们回到哀歌本身，回到原始的哭号。

尽管有法律和习俗的变化，合唱中占主要成分的疯狂而含混不清的哭号，经久不衰，与世长存；它保存在李尔王对他死去的科迪莉亚的呼号中；西弗斯（Sievers）甚至从野兽嚎叫般的哭号中，发明出一个古老的英语单词，作为歌曲或叙事短诗的用语，通常在葬礼的哀歌中使用。邓斯坦（Dunstan），据说喜欢异教徒的哀歌或挽歌，曾听到过在埃德雷德王（King Eadred）葬身的土地上“女人们从王宫附近发出的死亡的嚎叫”。“清醒者”的无节制的悲伤在今天也很常见。但看一看进化发展的大事年表就会清楚，这样的哭喊和嚎叫，无论是个人的歇斯底里的方式还是齐心协力合唱的效果都节奏分明，并很快臣服于某种艺术的控制之下，被赋予了明确的意义。帕德尔福德（Padelford）指出，盎格鲁撒克逊的文件中保存着 9 个不同的表示“葬礼歌曲”的词；整个欧洲法律都禁止这些悲号，正如古老的异教习俗所规定的，而这促使了同义词的产生，企图涵盖这种顽固的仪式的所有形式。现存的叙利亚的悲歌，主要由妇女吟唱，通常只有一个词，“唉”（woe）或“哎呀”（alas），与“呻吟的歌”相差不远，使人想起希伯来先知阿摩斯(Amos)的话:“所有的街道都将充满哀号,他们将在所有的大路上哭诉,哎呀,哎呀。”但在大卫为扫罗和约拿所作的优美的哀歌中,对以色列的女儿们的呼告,得到的却是她们用叠句所做的回应:“大勇士何竟倒下了!”——与此相对照的是个人的声音:“我为你伤心,兄弟。”以及对杀戮之地的诅咒:“基利波[①]的山哪,愿你不得雨露。”此外,在国王为押尼珥[②]所作的挽歌中,人们都以合唱“回应”,就像在《伊利亚特》中赫克托尔[③]的葬礼上一样,将赞美之词加入悲悼中,而史诗和戏剧的萌芽在此均露端倪。在这种类型的哀歌中没有混入询问和恳求的要素;而悲伤和赞美的简单结合是某些最高贵的挽歌体诗歌的惯用方式,不仅仅用于个人,也用于民族,甚至哀悼失败的事业、被放逐的人民、被推翻的王国,例如:被禁止的西班牙摩尔人的公共歌曲《我命好苦,阿哈马》(*Woe is me, Alhama*)中重复的合唱,以及美得无与伦比的巴比伦河畔的希伯来俘虏之歌。它们与我们关于死亡的普通哀歌相距并不遥远,这是诗歌永恒不变的主题,也没有什么比教堂葬礼上庄严的散文更令人铭记不忘的了[④]。科西嘉岛葬歌和苏格兰挽歌的演变尤其及时。从单纯的悲叹中最先明显发展起来的是对死者生前事迹的讲述,并在家族世仇流行的地方,混合了复仇的吁求;但这种充满激情的迫切声音,在文献记录中却归于沉寂,除非复仇的行为非常

① 基利波(Gilboa),以色列北部耶斯列山谷上方的一座山脉。

② 押尼珥(Abner),圣经人物,扫罗的叔叔尼珥的儿子,扫罗军队的元帅。

③ 赫克托尔(Hector),特洛伊王子,帕里斯的哥哥,特洛伊第一勇士。

④ [原注]挽歌的终极表达是为了世界,或宇宙本身,就像莎士比亚的那些精彩段落(“……伟大的地球本身”)和塞涅卡的(“呵一切如过眼云烟”)一样;对后者,诗人在创作《暴风雨》时可能已谙熟于心。

引人注目。当家族的哀悼变为传统时，旧有的不和与愤怒很少保存下来，留下的主要是同情的声音。300多年前一个旅行者在巴西听到印度妇女哀悼他们的勇士，和他多次在贝亚恩[①]地区听到的葬礼上胡格诺教派的妇女哀哭她们丈夫的调子几乎一模一样，后者以富有激情的韵律一唱三叹，前者则反复咏唱着简短而和谐的乐句。这些寡妇的哀歌很少单独和完整地保留下来，而通常存在于一些意义更重大的诗篇中，或在传统中为它们自身创造出一种史诗的保护层。我想，这样的哀歌被嵌在忧伤的传统小歌谣里，为广大的流行诗歌的爱好者所熟悉，它们唱得十分动听，以一半引用、一半记录的方式呈现了一个边境寡妇的声音；通过想象，可以复原其中被粗心的记忆和增长的同情心所抑制的不和的动机与对复仇的召唤。我在此以马瑟韦尔[②]的作品为例，因为他对合唱的运用无疑可以复原古老的情境。

在高高的高地上低低的泰河旁
英俊的乔治·坎贝尔骑马离开家乡。

脚踏马靴手握缰绳他坐在马鞍上；
马儿回来了，却不见他返乡。

他苍老的母亲在门里痛哭失声，

① 贝亚恩(Bearn)，法国西南部城市。

② 威廉·马瑟韦尔(William Motherwell，1797—1835)，苏格兰诗人、民谣编辑者。

他美丽的新娘在门外衣冠不整……

我的草场没羊儿吃草，地里没一茬麦苗，
我的谷仓没修建，肚里有未出生的宝宝。

脚踏马靴手握缰绳他坐在马鞍上；
马儿回来了，为何马鞍却空荡荡。

就像这名高地寡妇悲叹她的无助一样，贝奥武甫[①]遗孀的哀歌也怀着对未来的黯淡预期，它与粗鲁的边境生活如此吻合，以致不必对其作任何模仿经典的假设。

她哭着她的悲哀，那衰老的寡妇，
头发乱蓬蓬，哭着死去的贝奥武甫，
她唱着她的悲伤，一边唱一边讲
说她的日子再也没啥好指望，
除了战争的厄运，耻辱，和死亡。

寡妇的更加私密的哀悼，随着传统民谣或史诗中叙事元素的增加而减少；从孤独首次降临在家庭中那一天开始，寡妇们在所有哀悼者中占据首位，而一种社会无政府状态的极端表现就是被杀者的遗孀“不发出哀悼”。对家族乃至更为久远的祖先的更广

① 《贝奥武甫》(*Beowulf*)，一部完成于公元8世纪左右的英雄史诗，是英国文学史中已知最早的文学作品。贝奥武甫为诗中人物。

泛的悲悼，在《默里伯爵的哀歌》(*the lament for the Earl of Murray*)，一首以事实为基础的民谣中可以见到。同样，不拘泥于文本的先后顺序，我使用拉姆齐[1]《茶桌谈薮》(*Tea-Table Miscellany*)中的版本，因为这由真实挽歌构成的史诗具有令人赞叹的特点，使之区别于其他的史诗积淀。在两首民谣中都能听到韵律的悸动，以及如同葬礼舞蹈的摇摆和节奏；但在这里，一开始的吁求是指向众人的，哀歌是合唱的，并不断重复，寡妇的声音只在结尾有暗示而未直接传达。

高高的山岗，低低的洼地，
哦如今你去了哪里？
他们杀害了伯爵默里，
把他抛弃在树林里。

“现在你倒霉了，亨特利！[2]
为什么你要这么做？
我命令你把他带回来，
没有让你把他杀害。”

他风度翩翩衣着华丽，
骑上骏马去兜风；

---

① 艾伦·拉姆齐(Allan Ramsay，1686—1758)，苏格兰诗人、民谣收集者，主要作品有《温柔的牧羊人》《茶桌谈薮》《常青集》。

② [原注]这是国王詹姆斯·斯图尔特说的话；默里伯爵于1597年被亨特利伯爵的手下杀害，他“英俊，强壮，非常受欢迎”。

他是快乐的伯爵默里
哦他做个国王绰绰有余！

他风度翩翩衣着华丽，
舞会上数他最令人着迷；
他是快乐的伯爵默里，
像朵玫瑰捧在众人手里。

他风度翩翩衣着华丽，
戴着手套逢场作戏；
他是快乐的伯爵默里，
连女王也为他如醉如迷！

哦他的妻子将度日如年
在城堡外面苦苦守望，
只盼着有一天默里伯爵
平平安安回到家乡！

我们发现民谣中寡妇的哀歌与最古老的英国史诗中类似的情况相呼应；同样在《贝奥武甫》中发出的暗示，有可能甚至是家族悲伤的一个抄本，表达了对群体的不幸的预感，与寡妇对自身前途的忧虑是一样的。我们史诗中的挽歌成分是十分显著的；我们几乎可以把12个高贵的年轻族人骑着马绕古墓唱的真实的丧葬歌编成一首独立的挽歌，寡妇的哀声已经引用过了，还有这首即兴的，可以说是信使的歌——在葬礼开始前唱的哀歌。“现在越快越好”，他说，在讲述了酋长最后一次战斗的细节，并概述了贝奥武甫长期控制的这些邻近部落之间危险的宿怨后——

现在越快越好
让我们去见我们的耶阿特人勋爵，
忍受葬礼火堆上熊熊
大火的燃烧。勇士怎能被
烧成碎片。这些财富珠宝，
……所有战利品，和刀剑都将被带走，
被火吞噬。高贵的伯爵不再佩戴
荣耀的饰品，美丽的少女不再
用华丽的项圈装饰脖颈。
啊，她摘下金银首饰，满怀悲伤，
悲伤地徘徊在道路上。
往日的欢声笑语，快乐和幸福
都归于沉寂。像晨雾一样冰冷，
长枪不再被双手握紧，
举过头顶；不再有竖琴拨响
把将士们唤醒；只有阴郁的鸦群
扑向大地，赞美它们的宴席，
向雄鹰夸耀它们丰盛的攫取，
当鹰和狼杀得力尽筋疲……

家族的哀歌实际上变成了对家族的预言式哀歌，以战斗场景、食腐鸟和狼等典型的诗意描述而结尾。整部史诗,实际上充满了对葬礼的暗示和复述的段落。以西尔德(Scyld)的船葬拉开帷幕,而当曲终掩卷,则见贝奥武甫的坟茔在雾中若隐若现。两个寡妇哀悼着她们的丈夫,可以这么说,父系挽歌(the paternal dirge)似乎有两种孪生的形式,就像赫雷塞尔(Hrethel)现在"作了一首歌,一首给儿子的悲歌",明显是公众的声音,现在"进入他的房间,成为一首他为逝者吟唱的悲痛之歌"。家族的最后一个人为他的种族吟唱高贵的哀歌,并且还有许多其他挽歌的碎片散落其间。此外,就像所有的英语诗歌,以及它那个时代的抒情诗一样,每当最古老的英语史诗与死亡相遇时,便会为语言和韵律注入新的活力,并在其艺术上获得一种确定性。也许即便是道德说教性的段落——譬如"留心例子,做个聪明人"——也来自某一类挽歌。无论如何,我们总能看出史诗部分的颂词是如何进入挽歌的,正如挽歌和颂词在其他地方往往变成可转换的术语,并为"帝王凡夫皆长眠于此"的讽刺性总结奠定基础。

然而,回到原始挽歌的完整模式,是时候对它从最早期的形式,从朴素的哀号、惊奇、质疑、纪念性的赞美、希望的话语和呼告,上升到神话与诗歌的高度这一发展作一个总结了。正如我指出过的,其背景是社会性的,因为断裂的纽带意味着此前的联合;也因此而使悲伤的合唱在科西嘉岛仍然幸存,它围绕死者有序地舞蹈并催生出古老的葬礼歌,科西嘉人不仅称之为"哀歌"(lamenti),也称之为"舞歌"(ballati)。人们也注意到,歇斯底里的暗示几乎与合唱和舞蹈一样,指向起源,指向那肯定是最早的功能,那用韵律表达悲伤的必要性;而在进化过程中,它绝不是无足轻重的,当我们想到这种广泛的冲动只有在受理性克制的时代才被控制，从而将悼念诗词刻在墓石上或写进讣告中。滑稽戏，这斗篷下持刀的笑面人，永远在街角守候着悲剧；而押韵的讣文成了我们最经久不衰、令人生厌的幽默形式。然而，只要看一眼麦凯尔先生（Mr. Mackail）从希腊选集翻译的译本，就会有不同的想法，并对这一古老习俗的消失感到忧伤。因为在这里，我们看到以精致的诗意的形式所表现的同样类型的古老的哀歌、悲号、疑问、自豪的怀念、吁求，以及（例如下面所举例子表现的）希望。“这块卑微的石头，善良的萨宾努斯（Sabinus），是我们伟大友谊的记录；我会永远需要你；而你，如果在死者中被允许，请为了我不要饮那忘河①的水。”这里按希腊语原文，有人可能会翻译成“在我来之前，不要喝那忘河的水”，于是，“直到我们再次相见”；但鉴于宗教的利益，这对语法的压力可能太大了。无论如何，这种希望和请求是值得同情的；是“回到我们身边！”这一古老呼喊的一种变体。而在一首著名的挽歌中，指向天国的吁求语气的意义是毋庸置疑的。据说尼罗河上的船夫仍在吟唱古埃及人哭喊的叠句——“the Ai-en-Ise ”——伊西斯②为失去奥西里斯③感到悲痛。这种原始的哭喊如今无人回应也无法回应；诗歌，即使只有最卑微的功能，但无论在何处，它也会抛开这些无情的事实，而呼喊出春天的希望。复活节的希望几乎和人类的悲伤一样古老。埃及人这种坚持不懈的吁求本身，正是对信心的保证，相信会得到一个有利的回答；神圣的艺术将带回

① 忘河（Lethe），希腊神话中冥府的河流，死者的灵魂必须饮下它的水，以忘记生前一切所为和痛苦。

② 伊西斯（Isis），古埃及神话中的生命、婚姻、生育和繁殖（丰饶）女神。

③ 奥西里斯（Osiris），古埃及神话中的冥王，也是植物、农业和丰饶之神。

奥西里斯，就像刻瑞斯[①]将找到珀耳塞福涅[②]，就像伊什塔尔[③]将从死亡之地归来。凡人的挽歌则发出不同的吁求，作出另一种承诺，它见证《黎西达斯》[④]崇高的结尾以充满信心的语调改变主题，“我将追随他而去，他却不再回到我身边”；见证众人中最高贵的罗马人唱给阿格里科拉[⑤]的挽歌中那微弱而渺茫的希望；见证在今天遥远的德国农民中间谦卑而感人的一幕，先是妻子，然后是儿子，最后是女儿，依次向逝者唱着告别歌，每一个都以这样的叠句结束：“安息吧，直到相见那天！”——但这里是“the Ai-en-Ise”；它的形式和内容一样引人注目，它被称为抒情诗，但在功能上可以与许多引以为傲的史诗和戏剧艺术作品相提并论。

> 回来吧，回来，神灵帕努(God Panu)，回来！因为从前反对你的，现在都不在了。啊，美丽的帮手，回来看看我吧，你的姊妹，她爱你；你不再靠近我吗？啊，美丽的青年，回来吧，回来！我看不见你；我的心为你疼痛，我的眼把你找寻。我为你徘徊，想看你木乃伊的模样；看你，看你，美丽的主人，躺在灵柩里；看你，美丽的神——看你，看你，帕努神灵，美丽的神！到你亲爱的、有福的欧诺弗瑞斯(Ounophris)身

① 刻瑞斯(Ceres)，古罗马神话中的农业(谷物)女神。

② 珀尔塞福涅(Proserpine)，古希腊神话的冥后，宙斯与德默忒尔之女，冥王哈德斯的妻子。

③ 伊什塔尔(Ishtar)，巴比伦神话中的自然与丰收女神，也是司爱情、生育及战争的女神，有时也是金星的象征。

④ 《黎西达斯》(*Lycidas*)，弥尔顿的诗歌。

⑤ 阿格里科拉(Agricola，37—93)，罗马将军、英国总督，将罗马的统治扩展到北至福斯湾。

边来吧，到你姊妹的身边，你妻子的身边来；到你的妻子，神灵乌尔图赫(Urtuhet)身边来；到你配偶身边来吧！我是你的姊妹，是你的母亲，你却不到我身边来；众神和世人都转向你，为你哭泣，因他们见我为你哭泣，向天哭泣，求你听我的祈祷——因为我是你的姊妹，在这世上爱你的姊妹。没有人比我，你的姊妹更爱你！

就像与之相伴的奈芙蒂斯①的挽歌一样，这明显是姊妹对兄弟的一种哀悼之声；以重复的“回家吧”作为叠句，引出马内罗斯(Maneros)的名字，一个神话中的埃及王子，这使希罗多德想起了希腊的一首相似的歌曲《利诺斯》②。

我们这个小型的研究开始于未成文的原始部落的哀歌，最后用一种天国的想象抵达永恒的悲伤公式；考察所有其他可得的事实只会加深对这里所举的例子的印象。诗的成长不应仅仅被看成是简单的形式的差别。它可能是各种诗歌功能的一系列组合和分解，每一种功能在更完善的作品和更广泛的范围内都有其自身的发展脉络。这条哀歌的草蛇灰线在诗歌不断发展的艺术机理中时隐时现，但也有其他的线索。它存在于各种诗歌中，简单和复杂的，小巧和宏大的，但我们不打算将所有的诗都溯源到哀歌。如果我们能考察生辰诗、婚礼诗，某些风俗诗，比如当今澳大利亚中部的人们为年轻人举行的成年仪式几乎就是连续不断的公共的合唱；如果我们能考察诗歌的游戏功能和体

① 奈芙蒂斯(Nephthys)，古埃及神话中房屋和死者的守护神，同时也是生育之神。

② 利诺斯(Linos)，古希腊神话人物，俄阿格罗斯和缪斯卡莉娥佩之子，俄耳甫斯的弟弟，旋律和韵律的发明者。

育功能，考察哲理诗、谜语诗、讽刺辩论诗、教育诗、宗教典礼诗，我们无疑将发现所有这些线索也在史诗、戏剧和抒情诗中发挥作用。

现在让我们从题材转向形式。形式在诗的发展中实际比题材更古老，在诗的早期阶段，它是对外部冲动作出的反应，像海水的流动。此外，毫无疑问，一种独特的诗歌种类是由一种特定形式的发展演变所创造出来的；如果我们研究了这种发展的真正方向，我想就不会有所谓的民谣问题来困扰学者的头脑了。

在所有原始的哀歌中，都要注意到单调和重复；而重复的哭喊本身，甚至伊西斯的凄凉的哀号，如果可以这样比较的话，都漂浮在周围经久不息、起伏跌宕的共同的悲伤合唱中。当哀歌获得艺术的控制后，合唱便被舍弃，或被叠句取代了；而叠句甚至也受到限制，最后不过成为一种措词手段，就像《黎西达斯》开头的几行。然而，在某些其他类型的诗歌中，重复仍然是韵律模式的重要组成部分，是一种幸存的形式，例如在希伯来的平行体(Hebrew parallelism)中，在由海因策尔(Heinzel)指出重复乃是一种诗歌风格标志的梵文《吠陀经》的"变体"中，以及我们自己的德语诗歌中。在一定程度上重复可以变得矫揉造作，如在某些民歌交错的四行诗中，以及 14 世纪法国发展起来的诗歌形式，如三节连韵诗①、回旋诗②等等；但在最初它是本能的和自发的，是所有诗歌的广泛的社会性基础。我们可以通过比较一种非常有趣的叙事诗的各个阶段，来最有效地研究这一阶段的诗

① 连韵诗(ballade)，叙事诗的一种形式，常配以音乐，又称叙事诗、叙事曲。

② 回旋诗(roundel, rondeau)，十行或十三行的两韵叠句短诗。

歌形式。当诗歌主要是重复,是大部分用合唱的方式歌唱,当情景极其简单而大多通过舞蹈的手势和形态来表现时,用诗讲故事的最早的方法,是在每一个重复的诗节中,用添加的诗行制造轻微的变化,从而与这个被吟唱和表演的故事的变化和发展相呼应。《伊什塔尔到阴间》(*the Descent of Ishtar*)诚然绝不是原始和本能的诗歌;它是巴比伦皇家图书馆的"藏书"之一;但它有一段文字,由于在朴素的叙事和对话中使用了这种递进的重复形式而特别吸引人。伊什塔尔被带入下界。

他领她走进第一道门,把华美的冠饰摘下她头顶。
"为什么,守门人,你把我的头冠摘下头顶?"
"进来吧,大地女神! 这是她的法律,人和神都听命!"

他领她走进第二道门,把珍珠耳环摘下她耳垂。
"为什么,守门人,你把我的耳环摘下耳垂?"
"进来吧,大地女神! 这是她的法律,人和神都听命!"

于是,项链、胸饰、腰带、手腕和脚踝上的珠宝以及紧身胸衣被一一除去;随着伊什塔尔被带到下界的女神面前,七节三行诗依次描述了她受到的伤害。但她重获自由,这个过程的细节是精确的逆转。

从第一道门他领她出去,还给她她的紧身胸衣。
从第二道门他领她出去,还给她珍珠的脚链手镯。
从第三道门他领她出去,还给她腰带把细腰紧束。

从第四道门他领她出去，还给她佩饰点缀胸脯。

从第五道门他领她出去，还给她项链环绕玉颈……

紧接着的第六和第七行诗句，完成了相反的重复；而这一整段诗篇，即使在其文学形式上，也可以作为研究诗歌节律功能的出发点。由重复而发展为叙事性诗歌的过程是明显的，很容易被事实证明，它只包含某些重复词语的减少和另一些词汇的相应的替代或增加。可以肯定的是，人们在坎特寓言（the cante-fable），以及古老得多的德国童话或流行的散文故事中发现了一种简单的重复类型，这是一种晚期的、人为的发展。但我们的主要兴趣，是在于我所谓的"渐进的重复"（the incremental repetition），作为基本和首要的事实，作为形式要素，在欧洲民谣结构中的使用，尤其在与伊什塔尔片段相呼应的三行诗中的盛行。毫无疑问，这种结构在苏格兰传统民谣《巴比伦》（*Babylon*）或《美丽的弗迪河岸》（*The Bonnie Banks of Fordie*）中保存得最好；尽管有记载的只有一个半世纪的历史，它却是比诸如一千多年前由抄写员记录下来的盎格鲁撒克逊歌谣《芬斯堡》（*Finnsburg*）更早的一种叙事类型。《巴比伦》中的戏剧性成分比《伊什塔尔》中的要生动得多；但对话和渐进的重复在这东西方两篇诗歌中却如出一辙。我们可以从这首民谣中引用两组带有叙事性合唱的三节诗。

他抓住第一个姊妹的手
拽着她转圈圈然后站定。

"你想做一个强盗的老婆，

还是在我这把刀下送命?”

“我不想做强盗的老婆,
我宁愿在你的刀下送命。”

他杀了这个女孩,把她放倒在地,
为了找一个听话的娇妻。

他抓住第二个姊妹的手
拽着她转圈圈然后站定。

“你想做一个强盗的老婆,
还是在我这把刀下送命?”

“我不想做强盗的老婆,
我宁愿在你的刀下送命。”

他杀了这个女孩,把她放倒在地,
为了找一个听话的娇妻。

第三组三节诗带来了发展和高潮,凶残的亡命徒是三姐妹的兄弟。这种渐进式的重复,显然与舞蹈的动作和早期的戏剧或情境有关,特别适合于所谓的“亲属高潮”——召集朋友或亲戚参加某一重大行动,被召集者在行动中相继失败,最终的成功(也可能是失败)由某个最亲近和最挚爱的人取得或完成。在《安德鲁·巴顿爵士》(*Sir Andrew Barton*)中,史诗的兴趣占据主导地位,但仍有需要渐进式重复的地方,而那个最亲近和最挚爱的人是安德鲁爵士本人,这个事件是悲剧性的。这是海上战斗的关键时刻,海盗巴顿召唤做出最大的努力。

"到我这儿来,好戈尔登,
　　准备好随时听我召唤,
我将给你三百英镑
　　如果你帮我放下甲板。"

他收下钱爬上高高的桅杆,
　　用尽全力想放下甲板;
不料想飞来呼啸的利箭,
　　把戈尔登的脑袋击穿。

他扑通一声掉在舱门口,
　　伤口疼痛难忍鲜血直流;
随后戈尔登死亡的消息
　　在安德鲁爵士手下中不胫而走。

"到我这儿来,詹姆士·汉布利顿,
　　你是我侄儿,我拿不出更多钱;
我将给你六百英镑
　　如果你帮我放下甲板的横梁。"

他收下钱爬上高高的桅杆，

……

——仅仅是为了遭遇和“戈尔登”同样的命运，安德鲁爵士在第三组三节诗中——其现有的形态十分混乱——毫无进展，以一种悲剧性的高潮完成了这个系列。

对诗歌形态投以这样的一瞥，对于我们现在研究叙事诗从本能和公共的情境发展到艺术的领域，有着非凡的意义。因为可以这么说，我们发现史诗的成分，是逐渐积淀的和说明性的，并在许多情况下被添加到合唱和戏剧的内核中。因此在各种欧洲的变体中发现的这一首十分美丽的民谣，乍一看似乎是在讲述赫洛和里安德[①]的故事。但惊鸿一瞥之后是侧耳细听。所有古老的诗歌，尤其是民谣，如果不能被吟唱的话，也都有必要大声朗读。而一旦读出声来就会明白这篇民谣的主要内容并非赫洛和里安德的故事，而是一种我们可以称之为“找到尸体”(The Finding of the Body)的情境(situation)，总共十七节，全部由渐进的重复构成，并伴以两个场景中的有限的动作。而另外三个急促的诗节，用非重复的叙事讲述赫洛和里安德的故事，只不过是歌手或朗诵者为他们的传统题材所增加的一个诗化的标题而已。但在其余的真正可称为民谣的部分，则并非匆忙和紧凑的叙事，之所以称为民谣，不是因为它是用来在舞蹈时歌唱，而因为它就是舞蹈，是一种戏剧性的情景，内容和地点不变，各部分的曲调却随之变化，直到达到高潮。而另一方面，史诗是一段旅

① 赫洛(Hero)和里安德(Leander)，古希腊神话人物。

程而非一种情境，它为诗歌的纯粹叙事功能发展了一种非常不同的形式。在这些例子中，如果时间和空间允许，可以添加一个来自设得兰群岛[①]、以某种方式与俄耳甫斯的故事相联系的情境系列，以及来自丹麦和法罗群岛[②]、对原始“情境”有着相同处理方式的诗歌。有关伊什塔尔的诗篇，也指向一种情境系列，但相似又有所不同。它的起源和动机必须靠猜测，而无法像对民谣材料所作的轻而易举的推断一样，从合唱和戏剧性的表达中加以追溯。然而，伊什塔尔是生育女神，她的后裔，像许多相关的神话一样，似乎是关于种子的播种和生长、自然的死亡和复苏的寓言。无论是史诗叙事背后的一些象征性仪式，比如欧洲农民的播种和收割合唱，还是罗马鲜为人知的萨利安人的仪式，都有待博学之士的研究。而我将提出并尝试回答有关诗歌诸多功能的问题，通过追溯它发展到高级形态的过程，得出关于诗歌的早期和低级形态的结论，标记出功能相互融合与分离的趋势，以及形式固化成一种可容纳任何材料的模型的趋势。而就这项研究的主要结果来看，情境和戏剧性的成分是早期叙事诗的真正主题。诗歌并未一开始就带出“情节”，但“情节”或情境却造就了诗歌，并以一种特有的韵律形式来完成它。

首先，情境被合唱和重复打造成可记忆的诗句，这是整首诗的核心。这些诗句一旦形成，便随时可独立存在。通过合唱从公共的素材中即兴创作出一首完整诗歌的过程，已由基特里奇教授用《刽子手的树》这首传统英国民谣举例证明了，事实上，这

---

① 设得兰群岛(Shetland)，苏格兰东部一群岛。

② 法罗群岛(Faroe Islands)，位于挪威海和北大西洋中间，现为丹麦的海外自治领地。

首民谣仍在北卡罗来纳州的山区演唱；它的确是一个从始至终的高潮，而“故事”则由人们随意想象。有时，戏剧性的统一的时间被打破，我曾冒险用“撕裂的情境”这个不雅措词来称呼这种情况，而有时，打破这种统一性的，是开篇的回顾和结尾的展望，例如在频繁被引用的《非凡的塞尔基①》(*The Great Silkie*)这首民谣中。情境仍然居主导地位。但随着史诗过程的推进，诗歌的这一核心不再发展；合唱的成分逐渐减少；叠句不再引人注目，真正的合唱消失了——换句话说，用迷人的法语词汇来形容，“助手”不再是真正的助手而成了哑默的观众；重复受到多方的压缩；我们熟悉的三节一组递增模式，曾经在《英俊的默里伯爵》(*Bonnie Earl of Murray*)中注意到过，在《伊什塔尔》和刚刚引用过的民谣中，它仅仅用来标明叙事的高潮或表达一种再次发生的情境。一度不确定的、隐匿在人群中的诗人、创作者或艺术家，现在走出来抛头露面了。很明显，在民谣的这种发展过程中，从《美丽的弗迪河岸》这类虽然记录于18世纪但结构几乎是原始的民谣例子，上溯到15世纪最好的罗宾汉系列民谣中快速而直接的方法，我们发现了叙事诗形式发展到近乎完美境地的一种途径。

对叙事诗中本事的研究证实了这是一个先验的观点，但保证了诗歌功能有关结论的分化和经典化。我们可以用表明其起源和特征的术语“返祖的”(atavistic)来称呼史诗，正如当今的许多作家一样。戏剧开始了，并长久保持其作为社会和“环境”事

---

① 塞尔基人(Silkie)，神话中的一种生物，主要以海豹的身份生活，但可以通过剥下海豹的皮肤而变成人类。关于这种生物的许多故事和民谣可以在爱尔兰和苏格兰找到。

件的主要属性。抒情诗则属于个人。在史诗和戏剧中，艺术家主要通过措词和风格、通过我们称之为“对诗艺的控制”来显露身手。但几乎在所有情况下，他都只是在阐述某种公共的修辞手段。对他来说，是形象化和暗示性的短语以及大胆的隐喻，为他在伊丽莎白时代赢得了“第一个口头艺术家”的头衔，但这些实际上是原始的变体的改进，使那曾经羞怯和难以捉摸的重复之声发展到它的最高形式。而我们都知道莎士比亚的手法。“我做了坏事，失去了灵魂，却为班柯①的儿子赢得了王冠”，这是散文的叙事。为了使之生动，莎士比亚采用了古老的公共的重复艺术，以个人的、闪烁其词的、刻意的新奇，使人们忽略因年深月久而黯淡失色的这种重复性的背景模式。

为了班柯的后代我绞尽脑汁，
为了他们，仁慈的邓肯被我杀死，
我和平的血液注入了仇恨的种子，
为了他们，我永世的珍宝
交给了人类共同的敌人
为了使他们坐上王位，班柯的子孙，国王们！

在戏剧诗人手中，重复可以变成这种遗产。任何研究过诗歌形式的人都知道，用何种无限多样的艺术手段可以找到诗歌最初的简单合唱的功能——同时也知道用什么艺术措辞可以避开这种功能。因为那些执着于最有效的叙事形式的诗人，没有时间

---

① 班柯(Banquo)，莎士比亚戏剧《麦克白》中的人物。

去重复。据说赦免者的故事，见证了乔叟的鼎盛时期——没有比这更好的了——当他摆脱说教开始讲故事。

现在我们进入第三阶段的探索，来看看事物在诗的领域如何发展，借此不仅获得一段文学史，也获得一段文学产品的历史。我们已经有了挽歌的发展，有了戏剧性叙事诗和单纯叙事诗各自分道扬镳的发展。那么诗人自身呢？现在先不要去瞎碰那些大问题，想想“小诗人”(minor poets)的问题。他们是如何成长的？他们不该被忽略，也无法被贺拉斯对他们设立的那些律令所消灭。瞥一眼在最近一百年出版的书籍，就会反驳贺拉斯的部分断言；事实上它没有哪一点站得住脚，即使它将被引用为世界末日的真正福音。平庸之辈，他宣称，可以在律师行业、在普通的职场受欢迎或被容忍，但诗歌艺术除外，众神、人和书商都禁止此事。比如家庭医生，在杰出的专家之外拥有他的立足之地，但却没有一席之地是留给“家庭诗人”(family-poet)，留给那卑微的吟游诗人的，朗费罗那些最引人入胜的诗歌中，曾有一篇赞扬过后者并引以为榜样。但事实反对贺拉斯。诗歌所谓的直接社会功能在每一方面都与过时的格言相矛盾；甚至评论在接受创作者和批评家观点的同时，也不得不像亨内昆(Hennequin)倡导的一样，承认消费者的观点。有什么是一个人不愿意放弃的呢，为了换取那些记录在案的各种为人们所喜闻乐见的诗歌，比如说普鲁塔克记载的那些，就像人们家喻户晓的林肯和沃尔夫将军(General Wolfe)的诗一样？我对朗费罗或其他诗人都不加置喙；而坚持认为这些“小诗歌”(minor poetry)对我们时代的扶助依然是一个重要的功能，随着对诗歌发展轨迹的追溯，它的范围和意义也在扩大。这里没有惊雷的炸裂，没有地震的塌陷，只有诗歌，用培根的话说，给人的事务和心胸创造一个家园的诗歌，只要你愿意，可以不加批评由衷热爱的诗歌，从报纸上剪下来并随时——尽管这个时代已不常见——准备好大声读给朋友听的诗歌。20多年前，特雷尔(Traill)起草了他著名的英国次要诗人名单，随即引起了激烈的争论，大家互相取了一些巧妙的绰号，但没有人认为这些诗人微不足道，应当消灭。他们都是优秀的手艺人。他们的诗歌不仅仅是“被认可的音符”，还具有“诗的优雅、灵巧和美妙的韵律”。此外，除了这些大多指向家庭和炉边的小诗歌，出于当前需要还必须考虑所谓的“社交诗”[1]，并将它的范围扩大到“情感化为幽默的诗歌”，这些诗歌里的“情绪逃进玩笑中避难，而情感隐藏在对情感的怀疑中”。那些五花八门的杂志诗、应景之作以及当前流行的诗歌，可以说都包括在内，还有那些引人注目的孤篇，那些文学的碎片和漂浮物，被偶然的收藏者打捞起来粘在剪贴簿上。那些私下发表的诗歌，仍被出版社排斥而大多湮灭无闻，但“有人爱它们”，有时它们会是被遗漏的珍珠。多年前我收到一部私人印刷的戏剧《尼禄》，其中有这样的诗句，是身着长袍、高高在上的皇帝，在被杀害的阿格里皮娜[2]被带到他面前时说的话：

她的头低垂着，承受不了额头的重量，
她的嘴耷拉着，闷闷不乐地思考死亡，

---

① 社交诗(vers de societe)，此词源于法语，原指主题与社交有关的一类轻松、诙谐的轻体诗。

② 指小阿格里皮娜(Julia Vipsania Agrippina)，罗马皇后，暴君尼禄的母亲，公元59年被尼禄的近卫军杀害。

用尘世普遍的规律，包容一切的词语。

在这些诗行上加上伊丽莎白时代剧作家的名字，很少有批评家会抗议。在一位朋友的剪贴簿上我曾看到一段翻译，是从报纸上剪下的维克多·雨果的《男青年》(*Ephebe*)的译文，其中有两节是那么华丽，似乎把原文变成了散文，那些英语译诗是绝对不为人知的。就让它们不为人知吧，但这种短暂的、易被忽视的工作表明，诗歌的功能是健全而活跃的，直到这种耕耘完全失败，人们才需要担心那时常在喊"狼来了"却必然一再推迟的诗歌饥荒(poetic famine)的到来。

现在把所有这些小诗歌、这些轻快机智的"社交诗"——顺便说一句，洛克坚持认为后者"似乎应当来自凡夫俗子而不是被神化的诗人"，并且不能"过于优雅"——再加上应景之作，都视为是诗歌的同一种功能连续不断产生的如此众多的即兴创作，是完全合理的，这种功能与早期更具有共同性和同质化的社会中歌谣的功能是一脉相承的。希腊宴会上的《饮酒歌》(*skolion*)，挪威农民节日宴席上的即兴诗，以及在现代爱斯基摩人中还能听到的粗鲁的决斗歌(song-duels)，通常伴随着酒酣耳热的宴会胡闹，还有"邓巴与肯尼迪的对骂诗"(The Flyting of Dunbar and Kennedy)，以及连凯德蒙[①]也不会吟唱的"新潮的"竖琴诗——所有这些都是诗歌仍然兴旺的社会功能所产生的一部分习俗，只不过现在自发创作有了更多空间，诗歌也不再是对事件的直接的回应。比如说，宴会司仪曾请求凯德蒙兄弟写一

① 凯德蒙(Caedom)，公元7世纪盎格鲁撒克逊的基督教诗人。

些原创诗,后来,这次更有把握成功,他又求助过奥利弗·温德尔·霍姆斯博士(Oliver Wendell Holmes)。

这些都是次要诗人,他们的同时代人不难追溯。人们普遍承认,合唱诗在一种艺术的初期就很盛行,这种合唱的优势有着清晰的不可否认的社会起源。但从一开始,那懂得如何做的人,那艺术家,就为人群所喜闻乐见。而由于那使大众困惑的技巧被视为神的礼物、通过魔法获得的东西,或从超自然的父辈继承的遗产,神秘的传统很快就附着在诗人身上,并随后变成了对天才的崇拜。数不清的例子可以证明这种传统。里斯教授为威尔士人记录了“曾经普遍的信念”——“如果一个人在梅里奥尼斯山[①]上过夜,那里盘踞着巨人伊德瑞斯(Idrys)……早晨他就会变成一个诗人或疯子走下山”。仙女和精灵也能赋予这种魔力,在挪威和瑞典美丽的迷信传说中,是瀑布精灵传授给人们歌唱和音乐的艺术。在瑞典,有人给他一只黑羔羊,而在挪威则是给他一个白人孩子,然后他“抓住弹奏者的右手来回摆动,直到指尖喷血。现在徒弟已经吸取了教训,可以弹奏并使那些树木随之起舞了”。

因此,诗人神授的天赋和权利是诗歌史的一部分。在那里,在笼罩源头的灰色雾霭中,是那个知晓奥妙的人,有那么一会儿,歌唱者将自己从合唱的人群中分离出来,让他的同伴沉默,观看他的表演,使他们感受到他的诗意的力量,为之着迷,想方设法解释它,并假定它是从神的膝盖上拿走的。而在这里,经过漫长岁月的发展,诗人和他的天赋仍然神圣,除了视为天赐的礼

---

① 梅里奥尼斯山(Merioneth Mountain),位于威尔士北部。

物外，仍然无法解释。人们也无需反对这些解释，它们现在正如当时一样，仅仅表明了一种心理上的无知，就像无需反对那些关于品达、荷马和埃斯库罗斯神奇的歌唱天赋的故事，或奥丁[①]的蜂蜜酒把挪威人变成一个诗人的传说。这一切都只是一层温和的象征主义的面纱，掩盖着无可争议却又暧昧不明的事实。人们要反对的不是这些，而是双重标准，如果我可以这样说的话，是诗学的双重标准，为了反对它我们应当作长期而坚决的对抗——这是一种把诗歌的较低形态视为不仅在程度上，而且在性质上与诗歌的较高功能完全不同的教条，它认为在二者之间没有历史的或其他的联系，而仅仅用象征主义或寓言的术语来定义整个艺术。当人们谈及更高的领域时，使用一种迥然有别的方言，一道从未探测过的裂缝将它与低处隔开，而众多的批评家穿过这条裂缝，就像但丁在昏厥中穿越地狱。我们都知道那块神秘的腹地，批评家喜滋滋地引导着我们，但那上面几乎没有历史的足迹。我们都知道在他们的眼中，诗歌并不是一种社会功能，而是一种大教堂的礼拜仪式。神秘是它的核心，要求具有最佳想象力的信仰，要求感恩、狂喜、毫无疑问的情绪，一个崇拜者在那里从未梦想过追溯崇拜对象的足迹或来源，甚至世俗的血统。来听一下“批评家牧师（critic-priest）的话”——“莎士比亚他是……作为莎士比亚……他以宏大的风格作为他的精神侍从。他对它说来，它就来了；对它说走，它就走了……几乎不可能细致描述这幢宏伟建筑的构造，就像无法描述宏伟的太阳本身一样”，这是圣兹伯里教授对这个“朝拜仪式”的描述。当他停

① 奥丁（Odin），北欧神话的诸神之王。

顿的时候，最好回应一声“阿门”。我们不能用任何有关起源和流行诗歌的话语回答；所有这些东西都留在这座教堂之外，人们从熙来攘往、灰尘扑扑的街道上，从所有肮脏的景象和刺耳的声音中进入那里。这儿灯光昏暗，音乐从看不见的壁龛涌出；牧师的声音，即使时不时地听不清在说什么，即使圣歌缺乏刚刚听到的洪亮的音符，也一定是从神圣的嘴里发出的。这就是大教堂礼拜的诗歌，或爱默生所说的“理智的虔诚”（piety of the intellect）；这就是神秘大师所崇拜的诗歌；这就是我们都向其致敬的诗歌，没有它，谈论诗根本就是一件徒劳的事。只有傻瓜才会亵渎这种艺术的神圣。但双重标准却毁于这一事实，它拒绝承认如此辉煌的建筑的开端和早期阶段。它站在金字塔的顶端，而无视从基座开始的漫长而辛劳的向上攀升。它唱着约伯的光荣的战歌，震耳欲聋，气吞山河，回应着齐鸣的号角。它没有祖先，它不承认完美是通过发展而取得的。相反，它从仪式中提取了这些狂热的话语，并用它们在逻辑上看似十分精确地解释诗歌的发展，从而作为诗的定义——一个恶劣的习惯，它结合了祭司与科学，不仅引起历史的混乱，仿佛人们应该引用“梅里奥守夜人”（Merion Vigil）来解释威尔士诗歌艺术的发展一样，而且导致了这样的胡言乱语，诸如绘画、雕塑和建筑都有与诗歌同样的等级之别云云。按照斯图亚特·穆勒（Stuart Mill）的看法，“无翼胜利女神像”[①]应当算作一首诗，思想、形式、隐喻、和声、诗意的灵感，一应俱全。我们都知道，雪莱回应了皮科克

① 无翼胜利女神像（Wingless Victory），指雅典娜胜利女神庙（位于希腊雅典卫城）中没有翅膀的胜利女神雕像。

(Peacock)那篇《诗歌的四个时代》(*Four Ages of Poetry*)的悲观的文章,并以科学和历史方式论证了自己的大部分"辩护"。最后他放弃争论,对艺术给予最崇高的赞扬。"诗歌的确是神圣的事物。"……伟大而难忘的话语一个接一个,就像从山顶飞逝的云彩的裂缝瞬间捕捉到的景象。"诗歌从腐朽中拯救了人的神性。"我将在仪式中虔诚地重复这句话,但它被作为对诗歌的科学定义,或作为对这门伟大的社会性艺术的历史描述而强加给我,却显然是不够的。

那么,人们该如何调和这些互相冲突的主张呢?一个人怎么能加入大教堂的崇拜中,接受天才的寓言,但又忽略批评家想用这个寓言解释整个诗歌艺术及其发展进程的看法呢?尽管这些表述的措辞看似矛盾,但双重标准的错误的确主要是缘于盛行的关于诗歌本身的一元论观念。一元论试图将艺术的所有功能和活动解释为一种单一的力量,并在维护自身意图统一性的过程中错误地变成了双重标准。然而,承认一种理智的起源二元论,承认诗歌的心脏有两个心室,承担着扩张和收缩的功能——个人天赋和发明的离心力,以及社会群体和传统的向心力——如此,所有的困难都迎刃而解。诗人的天赋无关乎社会的力量;从社会群体中萌发的诗歌的功能无需个人创造的假设。我们现在要对这种教条主义中被忽视的部分——对社会的和公共的部分,对诗歌中的民主的起源——加以清晰的阐述。

附录：诗人简介

Appendix

张杰，诗人。1971 年末生于河南平顶山市。毕业于平顶山学院。90 年代开始写作。曾居北京、吉隆坡。作品散见国内一些文学刊物，兼及评论。2001 年春创办《爆炸》民刊，提倡人性写作，主张人性的爆炸及人性的提纯。参加第 21 届青春诗会。2015 年与友人创编《静电》诗刊，现居平顶山市。出版有诗集《琴房》(2008)、著有中篇小说《G 城人》等。2018 年获首届"徐玉诺诗歌奖"。

曾纪虎，诗人。1972 年出生，江西永丰人，现居吉安。

亦来，诗人，文学博士，任职于武汉某高校。在文学杂志发表诗歌、小说、诗歌翻译作品百余篇(首)。曾受荷兰阿姆斯特丹诗歌与实验中心、中美诗歌诗学协会邀请赴荷兰阿姆斯特丹、美国洛杉矶朗诵，有诗歌译介到美国、法国与荷兰。2017—2018 年获国家留学基金委全额资助赴美国宾夕法尼亚大学访学一年。

楼河，江西南城人。曾与友人创办"野外诗社"，主要写作诗歌、评论、小说，获得第二届"'诗建设'新锐诗人奖"。

张伟栋，诗人、评论家，现居海口。著有诗集《没有墓园的城市》《虹》《动物诗篇》《子夜歌》等。

谭毅，四川成都人，现居昆明，任教于云南大学美术系。已出版诗集《家与城》(2017)和戏剧集《戏剧三种》(2011)，并在《扬子江诗刊》《诗林》《草堂》《飞地》《中西诗歌》等刊物发表诗歌和译诗若干。

徐钺，1983 年生于山东青岛，2001 年考入北京大学，2015 年获文学博士学位，现于中国社会科学院大学人文学院任教。写作诗歌、小说、评论等，2008 年获“未名诗歌奖”，2010 年出版小说《牧夜手记》，2013 年出版诗集《序曲》，2014 年获《诗刊》“发现新锐奖”及《星星》“年度大学生诗人奖”，出版诗集《一月的使徒》，2016 年出版诗集《序曲》（新版）。亦从事英文文学著作的中文翻译。

黎衡，1986 年生于湖北十堰，毕业于武汉大学中文系，现居广州。出版有诗集《圆环清晨》。曾获“刘丽安诗歌奖”“未名诗歌奖”“樱花诗赛一等奖”“中国时报文学奖”“DJS -诗东西诗歌奖”。作品在《今天》《钟山》《诗刊》等刊物发表，入选《中国新诗百年大典》等多种选本，并被译为英、俄等语种。

易翔，湖南岳阳人，现居广东东莞。中国作家协会会员。获“2009 中国・星星年度校园诗人奖”“2019 年广东省有为文学奖・诗歌奖”“首届东莞文学艺术奖”等奖项。著有诗集《世上的光》《陶罐》。

蒙晦，1987 年生于江西庐山。2002 年开始写诗，先后在《活塞》《变雅》《中西诗歌》《完整性写作》《诗歌月刊》《诗选刊》《江南诗》等刊物发表作品，入选《21 世纪中国文学大系》《中国诗歌年度精选》等选本。2009 年获得北京大学“未名诗歌奖”。2017 年出版诗集《虚线轮廓》，部分作品被译介国外。

吴丹鸿，笔名帕丽夏。1990 年 10 月生，广东揭阳人。曾获"叶红女性诗奖""周梦蝶诗奖"。写有诗集《一小片安静的坏天气》(2017)，目前为中国人民大学文学院在读博士。

蔌弦，1993 年生，毕业于复旦大学中文系，著有诗集《入戏》。

张亚琼，1998 年生于许慎故里，先后就读于河南师范大学、首都师范大学。

高爽，1990 年生于河南封丘，编剧。著有诗集《行游之蚀》。

子非花，诗人，拾壹月诗社社长。认为诗歌是"直接抵达人类永恒的宿命感的一种方式"。2016 年底，重新开始诗歌创作，目前已出版内部交流诗集《赤裸行走的鱼》。

吴晓东，黑龙江省勃利县人。1984 年至 1994 年于北京大学中文系读书，获博士学位。现为北京大学中文系教授，博士生导师，中国现代文学研究会副会长。著有：《阳光与苦难》《象征主义与中国现代文学》《记忆的神话》《20 世纪外国文学专题》《镜花水月的世界》《从卡夫卡到昆德拉——20 世纪的小说与小说家》《文学的诗性之灯》《二十世纪的诗心》《文学性的命运》《临水的纳蕤思——中国现代派诗歌的艺术母题》《1930 年代的沪上文学风景》《梦中的彩笔》《废墟的忧伤》《如此愉悦，如此忧伤》等。

张桃洲，1971 年生于湖北天门，2000 年 12 月在南京大学获文学博士学位，现为首都师范大学文学院教授、博士生导师，中国诗歌研究中心专职研究员。主要从事中国现当代诗歌研究与评论、中国现代文学及思想文化研究。在《中国社会科学》等刊物发表学术论文 70 余篇，出版《现代汉语的诗性空间——新诗话语研究》《“个人”的神话：现时代的诗、文学与宗教》《语词的探险：中国新诗的文本与现实》等论著，主编《中国新诗总系 · 90 年代卷》《中国现代诗歌散文欣赏读本》《诗歌读本 · 高中卷》《内外之间：新诗研究的问题与方法》。

钱文亮，1965 年生，河南省罗山县人。1985 年大学毕业，2003 年获北京大学文学博士学位。曾从事电大教育和编辑出版工作。自大学期间开始坚持诗歌写作和诗歌研究至今。曾策划“怀旧丛书”、《在北大课堂读诗》等，主编过《老玩具 · 老游戏》和《中外名诗读本》等书。著有《新文学运动方式的转变》和《诗神的缺席与在场》等。现为上海大学文学院特聘教授，中国当代诗歌研究中心主任。

冷霜，1973 年生，北京大学文学博士，中央民族大学文学院副教授，北京大学中国诗歌研究院客座研究员暨《新诗评论》辑刊编委。著有批评文集《分叉的想象》、诗集《蜃景》（合集），编有《马雁诗集》《百年新诗选》（合编）等。曾获“刘丽安诗歌奖”“‘诗建设’新锐诗人奖”等。

王东东，1983 年 3 月生于河南杞县，现为山东大学（威海）文化传播学院副研究员。作品入选《中国新诗百年大典》《北大百年新诗》等。曾获“未名诗歌奖”“汉江·安康诗歌奖”“DJS诗集奖”“诗东西青年批评奖”“后天批评奖”“徐玉诺诗歌奖”“周梦蝶诗奖”“第三届《扬子江评论》奖”。正式出版诗集有《空椅子》《云》《忧郁共和国》《世纪》,《1940年代的诗歌与民主》(2016)获“2014年北京大学优秀博士学位论文奖”“台湾第四届人文社科思源奖文学类首奖”。

宋琳,1959年生于福建厦门,祖籍宁德。1983年毕业于华东师范大学中文系。1991年移居法国,曾就读于巴黎第七大学。先后在新加坡、阿根廷居留。2003年以来受聘在国内一些大学执教。著有诗集《城市人》《门厅》《断片与骊歌》《城墙与落日》。1992年以来一直是《今天》文学杂志的编辑。

夏汉,1960年生,河南夏邑人。写诗,兼事文学批评。出版批评文集《河南先锋诗歌论》《语象的狂欢》,诗集《冬日的恩典》《街头的证词》。

李国华,江西省于都县人,学者、诗人,曾在同济大学人文学院任教,现为北京大学中文系副教授。著有《农民说理的世界——赵树理小说的形式与政治》等。

乔亦涓,诗人,译者。

托马斯·哈代(Thomas Hardy, 1840—1928),英国著名小

说家，诗人。

弗朗西斯·巴顿·顾默耳（Francis Barton Gummere，1855—1919），古代语言和民歌领域一位有影响力的学者，翻译家。顾默耳曾任教于哈佛大学，1887 年任哈佛福德学院的英语教授，1905 年任现代英语协会主席，1910 年出版翻译作品《贝奥武夫》，著作有《盎格鲁撒克逊隐喻》《诗学手册》《日耳曼起源：原始文化研究》《古英语民谣》《诗歌源始》《民主与诗歌》等。